Good Morning The World

日高道夫 Michio Hidaka

文芸社

目次

カコ　5
西昌三郎　48
人間交叉点　112
幽体　174
新世界　251

カコ

一

その年の暮れも押し詰まってから、カコは純喫茶「ボン」で働くようになりました。パンタロンスタイルなるものが流行した年でした。髪の毛は、背中の真ん中あたりまで垂れ下がっており、前髪は目深《まぶか》に被った帽子の鍔《つば》のように、ほとんど彼女の目までを覆っていました。何かを見るとき、彼女はその髪を指で上品に掻《か》き分けたりしないで、顎《あご》をぐっと突き出し、軽く頭を左右に振って、できた透《す》き間《ま》から見るのでした。

外出のときは、もう少しで地面を引き摺りかねない、長く黒い、どう見ても男もの以外とは思われない、だぶだぶのコートを着ました。いかにカコが大胆な娘だったにしろ、これが若者たちの流行のスタイルなんだという安心感がなければ、そのビッグコートをまとったときの自らの珍妙さにはとうてい耐えられなかったと思います。

時折り、男を交えた五、六人の友達だという若い連中がぞろぞろやって来ては店の一角に陣取り、歌手の誰それが池袋や新宿の何とか会館や劇場に出場するだの、彼だか彼女だかが、その恋人と喧嘩しただの別れただのという噂話を声高《こわだか》に始めました。すると、彼らが現われるまでは神妙にコーヒーや紅茶を運んでいたカコは急に落ち着きを失って、暇《いとま》さえあれば彼らの間に割り込んで、時には話に夢中になりすぎて、やってきたお客に気がつかないことさえありました。

そのたびに柔和な面立《おもだ》ちの、天平《てんぴょう》の壁画の婦人を髣髴《ほうふつ》させる、ふっくらとしたボンの経営者のママさんは猫なで声で、

「カコちゃん、お客さんよ」と、厨房の中から呼びかけました。すると、カコは未練がましい顔で話を打ち切って、お客さんの注文を聞きに立ち上がるのでした。

それほど盛況をほこっている訳ではないこの喫茶店にカコがやってきてから、目立って客足が増えたように思われました。

初めの頃ママさんは、何もウエイトレスなど雇わなくても、自分ひとりだけの力で充分にこの店を経営、維持して行けると考えているらしいと思われました。そして事実、閑静

な住宅街の一角にある純喫茶ボンは今までのところ、彼女一人だけで維持してこれたのでした。

ただ、彼女一人で切り盛りしていた頃、このボンには、若いウエイトレスが一人でもいる店特有の、あの華《はな》やいだ、活気に富んだ風情《ふぜい》はまるでありませんでした。おまけに、窓が通りに面した方にだけしかなく、しかもその上を常に、光を通さない分厚いカーテンが覆っているので、時とすると店の中は陰気でさえありました。

ひと月に二度、ジュークボックスのレコードを取替えにやって来る、レコードリース業の男にとって、この店を訪れることは、それほど張り合いのある仕事ではなかったはずです。それと言うのも、ジュークボックスの音楽を聴く者など滅多にいなかったからで、従って、レコードをかけるたびに落ちるはずの料金の収納箱には、いつもほんのわずかな金しか入っていなかったからです。

それである日、彼は喫茶店が繁盛するための様々な条件、とりわけウエイトレスの必要性を、とくとママさんに語って聞かせたものでした。

なるほど言われてみればもっともなこの勧告も、それを素直に受け入れることは、まだ独身である彼女にしてみれば少なからぬ憂悶《ゆうもん》の種でした。若いウエイトレスがやって来て、急に客の入りが多くなること、これは反対から言えば、ママさんが、彼女たちの瑞々《みずみず》しい魅力を保有していないことを判然と証拠立てることだからです。

それにしても、店が閑散としているよりも繁盛した方がいいに決まっているので、いろんな思いと折り合いをつけた結果、ママさんは、レコードリース業者の助言、勧告をしぶしぶながらも受け入れて、十一月の下旬になって、入り口の扉に、

・ウエイトレス募集　アルバイトも可

・委細面談の上　高給優遇

の求人広告を貼り出しました。三人の女がやって来て、それぞれ一週間平均ずつ働いてやめてしまいました。

世の中は油断も隙《すき》もならない獰猛《どうもう》冷酷な豺狼《さいろう》禽獣たちばかりで成り立っている訳でもないのに、私は彼女たちのリスのように用心深く、臆病な立居振る舞いが腹立たしくてなりませんでした。

(何で喫茶店などにのこのこ出かけてきてまで働かなくちゃならないんだ。ほかに働き口はいくらだってあるだろうに)という肚《はら》でした。

(たおやかで、愛想の良いことが不可欠のウエイトレスになるには、余りに身の程を知ら

な過ぎる）

実際、つい先頃まで、どの喫茶店も砂漠の中の泉さながらに、心地好さ、悦ばしさへと誘《いざな》う、うら若く、優美なウエイトレスたちが満ち満ちていたものでした。座席の間を優雅に光り輝くお盆や水差しを手にして動き回る美しい娘たちを見ていると、喧騒に満ちた殺伐たるこの東京にも、まだ救いが残っていない訳ではないという、心安らかな気分に浸《ひた》れたものでした。

その喫茶店の、目を覆いたくなるような忌まわしい衰微、凋落《ちょうらく》が始まったのはいつ頃からだったでしょう。

日本経済が目覚しい成長を遂げ、世界からエコノミックアニマルと嘲笑、罵声を浴びせられながらも、夥《おびただ》しい数の外食産業やスーパーマーケット、ファッション企業などが街々を席捲《せっけん》し、売らんかな、儲けんかなの逞《たくま》しい商魂の持ち主どもが、人食い鮫《ざめ》みたいな獰猛さと、女衒《ぜげん》もどきの甘言とをもって、娘たちを洗いざらい自分たちの手元に引きさらってしまってから喫茶店の凋落、と言うより、見るも無惨な受難が始まったのだと思います。多くの店舗が乱立した結果、美しい娘たちの絶対数が足りなくなってしまったのです。あれほど心和《なご》むものだった楽園に、美女を見ることが、浜辺の砂の中に真珠を見出すのと同じほど困難になってしまったのです。

それが時の流れとあっさり諦《あきら》めてしまうには、私は余りによき時代の喫茶店を愛し過ぎていました。私は自分の天国が、優美さを欠く、陳腐な女どもによって無体に蹂躙《じゅうりん》されることが何としても我慢なりませんでした。

「ウエイトレス募集」の広告に応じてボンにやってきた娘たちは、世情には敏感だったかもしれませんが、私のような者の心情の消息には鈍感でした。

私は彼女たちに対する不平、不満を一度も口にしたことはありませんが、しかし私が彼女たちに注ぐ仮借《かしゃく》ない、敵意に満ちた眼差《まなざ》しを俊敏に感じ取った彼女たちは、もともとそうであるより、はるかに口数の少ない女になってしまいました。

彼女たちが笑ったり、何か話し声を上げるたびに私は、かっ、となるのでした。時代錯誤と罵られようと、独善横暴と非難されようと、優美さの欠如した女というものは喫茶店で働く資格はないのだ、彼女らはこの世界では余計者なのだ、それ故に、人並みに笑ったり、言葉を発する権利はないのだ……これが、彼女たちが何かの弾みに笑い声を上げたり、声高に喋《しゃべ》ると思わず私が逆上するもっぱらの理由でした。

私が彼女たちの喫茶店内における存在を不本意ながら容認するとすれば、それは彼女たちが自分の「余計者」性を骨の髄まで知り抜いて、戦々恐々と息を潜《ひそ》めているのを見るときだけでした。私は彼女たちの一挙手一投足に自分たちの「正当な存在権」を主張したがっているものがありはせぬかと、鵜《う》の目鷹の目でしたので、彼女たちは時には、つまり私のテーブルにコーヒーを置くときとか、その代金を受け取るとき、手や躰《からだ》が思わず震えるほどでした。

この三人は、店の繁盛にはおよそ何の役にも立ちませんでした。彼女たちは、「アルバイトも可」の広告に無邪気に応募して来た、世間知らずの大学生でした。彼女たちが早いのは三日、長いので十日そこそこでやめて行って、またぞろ一人になったとき、ママさんは困った、と言うより、むしろ、さばさばした表情で私に言ったものでした。

「今の若い人は根《こん》がないわねえ！」

二

三人の女たちがやめてから一週間ほどの間があって、カコが現われました。正月まで、残すところ十日余りでした。

カコは、楽園時代のウエイトレスの理想性を完璧なまでに具《そな》えた若く、美しく、俊敏な娘でした。彼女がとりわけ美しい光芒《こうぼう》を放つのは、何かしら並々ならぬ決意の程を示すかのように、唇をぐっと引き締める癖があって、その時に彼女の両頬に長く、深い縦皺《たてじわ》がくっきり浮かび上がる、まさにその瞬間でした。

縦皺にしろ、横皺にしろ、とにかく皺というものは女の美を傷つけ、損なう元凶にほかなりませんが、どういう訳か、私は新鮮で、なめらかな彼女の頬に浮かび上がる、峡谷のように深くうねる皺が好きでした。

それは老《お》いの証《あかし》として、あるいは悲哀や苦痛の痕跡として彼女の皮膚に消え去り難く刻み込まれているのではなしに、一種の、娘らしからぬ粗忽《そこつ》さから、あるいは若く、あまり人馴れしていないところから、お客に接するとき思わぬ失敗をやらかしたりして、それが彼女を悔やませ、発奮させるものらしく、時には舌打ちさえして、彼女はぐっと唇を引き締めるのでしたが、その様々な思念、情意がくっきりと両頬の立て皺となって現われるのでした。私にはこの皺が、彼女のあらゆる粗相、失策をすっかり相殺《そうさい》して、なお余りあるように思われました。

こうした仕事では、不躾《ぶしつけ》な振る舞いは禁物《きんもつ》だということをママさんにとくと言い含められるまで、カコの声はおそろしく大きく、ことにその笑い声ときたら、静かにお茶を飲んだり、新聞を読んだりしているお客たちをびっくりさせるほどのものでした。ほほほ、という女らしいありきたりの笑いは、おかしさを表現するには充分ではないらしく、たいてい彼女は、へへ、という笑い声を上げました。たまには、ひひ、という笑い声も聞かれました。

この笑い声を聞いて、私はカコが、いわゆる躾の厳格な良家の娘ではないだろうと見当をつけました。あるいは、厳格な良家の娘だったとしても、かた苦しい規則などに束縛されることの嫌いな、奔放な気質の娘なのだと思いました。

厳しい家庭に育ったのなら、決して考えられないような若者たちが彼女の友達でした。何の学校に通っているのかは分かりませんでしたが、とにかくどこかの学生であることだけは確からしいカコの関心はと言えば、およそ軽佻浮薄《けいちょうふはく》な流行のスタイルとか、舞踊、演芸といった類《たぐい》のものばかりでした。高尚、深遠な精神への憧憬、志向などは片鱗すらも見受けられませんでした。

ずっと後になって、彼女が首の皮一枚でやっと登校を許されているに過ぎない、怪しげな素行の高校生だと知って意外にも思えば、呆気《あっけ》にも取られたのは、彼女が時どき煙草《たばこ》をふかしているのを見かけたことでした。当人自身が、果たして無事に卒業できるかどうか、てんで予測もつかないほどの無様《ぶざま》な成績の高校三年生だということを知るまでは、私は彼女が煙草を口にしているのを見ても、格別に不思議なこととは思いませんでした。

ヘビースモーカーである私は、無菌室でもない広大な世界の中で、成年に達した女が喫煙してはならない十分な理由を知らないし、成年に達した女が喫煙するのを見るのは茶飯事のことだし、何にもまして、私はカコが二十歳は過ぎているものとばかり思っていたのです。十八歳の娘が、それに高校生が、成年者のみに許されている喫煙を実行する大胆さ、放縦《ほうしょう》さを持っているとは、私には思い及ばぬことでした。

ひと昔前、私たちが高校生だった時分、いかがわしい品行の男生徒ならともかく、いくら放埒《ほうらつ》とはいえ、女生徒が煙草を吸うなどということはあり得ないことでした。

とは言え、高度経済成長と歩足を合わせるかのように、世の倫理観念も急速な変貌を遂げつつあることも事実でした。良い方にか、悪い方にか……それは分かりませんでした。善かれ悪しかれ、国民全体がこぞって尊び、敬い、遵守《じゅんしゅ》しなければならない万古《ばんこ》不易《ふえき》の倫理規範というものは、もう我が国には存在しないのでした。

それぞれが自分にふさわしい主義、信条にのっとって生きる自由が一層拡大進展し、あからさまに法律に抵触するのでなければ、自由が乱用に近いまでに駆使されたところで、もはや誰にもそれを咎《とが》め立てしたり、非難する権利も資格もありはしないのでした。頼るべき確固たる精神的支柱のないままに、経済は繁栄の一途を辿っていました。海外からはエコノミックアニマルという嘲笑、痛罵《つうば》を浴びながら……。私自身は、働かなければ食えない貧しい身の上でありながら、行き先不明の列車にでも乗っているような危機感から、できる限り、社会との関わりを持つことを避けていました。

それにしても、私がカコを二十歳は過ぎていると考えたのは、彼女が煙草を吸っているのを見たのが主な理由でしたが、もっとも、今考えてみると、金魚みたいに唇を突き出して煙草をくわえたり、いきなり煙にむせて咳《せ》き込んだり、たった一服吸っただけで、顔をしかめて揉み消したりする様は、彼女が喫煙するようになってから長い日数を経ているのではないことを如実に物語っていました。

どの道、カコの出現が、暗い洞窟みたいだったボンに、さっと射し込んだ、まぶしいほどの光明だったことは事実です。しかし、貧しさと、様々な物思いによって奇妙な心理の屈折を経た、おまけに、カコよりも十歳近い年上の、二十六歳になる私に、彼女の持ち来たった光明も、暖かさまでは与えかねました。

いつぞや、降っても照ってもボンを訪れては、同じ座席に腰を据えて、コーヒーをすすりすすりしつつ本を読んだり、煙草をふかしたり、考え事をしている私に向かって、ママさんが言ったことがあります。

「こうやって、毎日のように喫茶店でのんびりしていられるなんて、ずいぶん結構なご身分ですわね」

喫茶店であろうと、自分の部屋であろうと、どこか他の場所であろうと、私がのんびりしていられるところはどこにもありはしません。それに、私は結構な身分などでは全くないのです。私は日雇い労働者です。どれほど利潤のために貢献したかによって、その人間の能力、価値が定められる、そんな世界に身命を賭して生きるのは真っ平なので、私は会社勤めなど一度もしたことがありません。

かと言って、働かずに食える財産などという代物《しろもの》が鐚一文《びたいちもん》あるわけでもなし、生きるためには、いやが応でも、すさまじい熱気、活力に満ちた社会の中に出て働かなければならないのです。それゆえ、私は、いつでも好きな時に、好きな日数だけ働いて、残りの日々は全く自由でいられる日雇い人夫の世界で生きることにしたのです。

私は、毎日のように仕事に出かける勤勉な日雇い労働者では決してなく、二、三日働いて、食うに困らないだけの金が手に入れば、もう鐚一文なくなり、時には文無しになって

から も、二、三日間は飲まず食わずでいて、ひもじさに耐えかねて、ようようの思いで仕事に出かけて行って、ただもう飢え死にせずに生きて行くのが精一杯の、吹けば飛ぶようなしがない身の上なのです。しかもこの生活から、私が世間に対して斜《はす》に構えている限り、決して逃れることはできないのです。

誰に強制されたわけでもなく、自分自身の自由な決断によって選び取った生活であるからには、いくら極貧の極みにあろうと、私はそれを悲しんだり、悔やんだり、恥じたりする訳には絶対に行かないのです。貧乏がいやなら、さっさと世に出て働けばいいのです。貧窮に苦しめられずに済むだけの仕事ならいくらでもあるのですし、与えられた仕事を大過なくやりおおせるだけの能力だって、私にはちゃんとあるのです。

しかし、いったん世間の水の中にどっぷりとつかったが最後……社会＝共同体の原理、規範にからめとられたが最後、自らに忠実であることは決して容易ではないという確信は、どれほど惨めで、苦渋に満ちていようと、自らを見つめる自由を与えてくれる日雇い労務者の世界に定住しろと私を駆り立ててやまないのです。

この日雇い労務者の世界というのが何ともはや……。「結構なご身分ですわね」とママさんに言われて、私にできることは、狼狽《ろうばい》に満ちた苦笑を浮かべることだけでした。

一体、自由に見つめる自己などというものに何ほどの意味、価値があるというのでしょうか？　単独者、個人の力がこの世で何ほどのことをなし得るというのでしょうか？

三

学生の本来の姿が学ぶことにあるとすれば、必ずしもそれに忠実ではなかったカコにとって、つまり、これまたどう見ても勤勉とは思えない友人たちと一緒になって、盛り場をうろついたり、歌ったり踊ったりして遊び暮らしていたカコにしてみれば、その結果、学力不足で高校を卒業できないかもしれないこと、これはどうじたばたしようと、いずれは彼女が直面しなければならない非常事態でした。

今や卒業式を数ヶ月後に控えて、この問題はのっぴきならない重量感をもって彼女を押しひしいでいました。同じような心配に責めさいなまれている仲間と一緒になって、カコは長いため息を洩《も》らしたり、愚痴《ぐち》を並べ立てたり、弱音《よわね》を吐いたり、かと思うと突然、居直ったかのように、いざ卒業できなかった場合、家族との間に必然的に生じるはずの不和、確執に対する覚悟のほどを示して、心細い気炎を上げたりしていました。

特に、毎日のようにやって来ては、奥の座席にぐったりと沈み込んでいる一人の女友達には、カコは自分の心配を忘れて、その友人を励ますことにひと方ならぬ熱意を示していました。

しかし、その友人の状況はカコの力をもってしても、当人の才覚をどう駆使したところでも、いかんともなし難いまでに悪化していました。毎日のように怠け暮らしていたので、もとよりその友人の落第は必至でした。おまけに彼女は妊娠していました。身籠《みごも》らせた男は、彼女を捨てて、行方《ゆくえ》をくらませたのだそうです。

行く末長いはずの人生の、そのとば口で、まかり間違えば、とんだ顚末《てんまつ》を迎えかねない、打ちしおれた友人を前に、さすがに陽気なカコも「元気を出しなさいよ」という、自分自身、それほど効能のほどを信じているとは思われぬ、月並みな言葉しかかけてやれないのでした。

その娘は、気立ての優しそうな美しい娘でしたが、彼女の絶望と衰弱は日増しに深まって行くように思われました。時にはぐったりと座席にもたれたまま、二時間も身じろぎひとつせずにいることもありました。面白《おもしろ》おかしく遊び呆《ほう》けていた間は、固い絆で結ばれ合っていた友達同士も、目前に差し迫った仲間の苦難に対して、それほど有益とも思えませんでした。

それがカコを悔やませたものでしょうか、その女友達を力づけるときのカコの面持ちは時とすると神妙で、厳粛な様相を帯びることもありました。そしてあの娘が息を吹き返すのは、手のすいたカコが彼女の話し相手になってやるときだけでした。カコは相手の話に熱心に耳を傾け、相槌《あいづち》を打ったり、反問したり、舌打ちしたりしましたが、とどの詰まり、娘が入って来たと同じように悄然と出て行くのを見ると、カコも決定的には彼女を勇気づけたり、蘇生させることはできなかったものと思われます。それに、他人を鼓舞するどころか、卒業できないかもしれない不安を前にして、誰にも増して励ましを必要としているのは、当のカコ自身なのでした。

無事に卒業できること、あるいはできないことが果たして良いことか、悪いことか、私にも確実には分かりかねるので、私はただ無言のままに、カコとその友人たちを眺めているだけでした。もっとはっきり言えば、卒業できようが、できまいが、そんなことはどうでもいいことでした。この世を生き抜くために、学歴が必要不可欠だとは私はちっとも思っていなかったのです。時折りカコは、

(何か気のきいた解決策はないものかしらねえ)とでも言いたげに、私を見つめることがありましたが、その時私が言いたかったことは、

（卒業できなくても、くよくよするには及ばない）ということでした。

（どうしてよ……）とカコがむきになって問い返すだろうことは確かでした。

（親には叱られるし、将来、高校もろくすっぽ卒業できなかったなんてことが分かれば、みっともないいちゃありやしないわ）

すると、当然のことながら私もやり返したことでしょう。

（それほど卒業することが大事なら、どうしてまた、落第の心配をしなけりゃならないほど勉学をないがしろにして、ろくでもない仲間とそこいらをほっつき回ってたんだ）

悔恨と屈辱で彼女は思わず言葉を失って、目を伏せることでしょう。

四

正月を過ぎれば、卒業できるかどうかの命運を賭けて、わき目もふらずに勉強しなければならないだろうから、当然カコはボンをやめるものとばかり思っていたのに、驚いたことに、彼女は従来どおり、夕方の五時から、閉店の十一時まで働き続けたものです。

学校が終わると、そのまま真っ直ぐにボンへとやって来るのでした。学校が早く引けた日には、五時からの仕事時間にはまだ間があるので、教科書を机の上に広げて、頭をかかえ込んでいることがありました。しかし、仕事の時間になると、さっさと片付けてしまうのでした。

初めて私がカコと言葉を交わしたのは、彼女が数学の教科書を前にして、しきりと長い髪の毛を掻きむしっている時のことでした。

最初は何やらぶつぶつ呟《つぶや》きながら、教科書とにらめっこをしていたのでしたが、そのうち彼女は舌打ちを始め、しきりと頭をひねり出し、いまいましげに　髪の毛を掻きむしり、ついにはぐっとのけ反《ぞ》って、頭をぶるんと振り、そして一切の努力は無駄だと思い知ったかのように、がくりと肩を落として、ゆっくりと煙草に手を伸ばしました。彼女は何ともおぼつかない手付きで、箱の中から一本を抜き取って、唇に挟み、マッチを擦《す》って火を点《つ》け、唇を突き出して、ぷっと煙を吐き出しました。

すぼめたり、広げたり、唇の形を変えるたびに目の前で複雑な形をして、というより、形なきままに漂う煙をじっと見入っている彼女は、それを払いのけもせず、執拗に吐き続けていましたが、あらかた一本を吸い尽くしたころ、どこにも切れ目のないドーナツのような輪が出来上がり、彼女は自分の成果を誇るかのように、ぐっと背筋を伸ばして周囲を見回し、私の視線にぶち当たって、にっと笑いました。

私も思わず、笑いを洩らしました。するとカコは人にものを尋《たず》ねる、といった謙虚さをもってではなく、何か挑みかかるような声を上げました。

「どうしてルート4が2なのかしらねー。$\sqrt{\ }$（ルート）にどんな仕掛けがあって2になるのか、あたし、さっぱり分からないのよ」

「2の二乗はいくらだい？」

「えっ？」

「±2の二乗はいくらだい？」

「4じゃない」

「何を二乗すれば4になるのか……そのなにをあらわすんじゃないか。中学生のころ習ったろうが」

「そんなふうに教《おせ》えてくれれば、あたしにも分かったはずよ。でも、そんなふうには教《おせ》えてくれなかったわ」

「そんなふうにしか教えようはないんだぜ。あんたがぼけっとよそ見してたか、居眠りでもしていて、ちゃんと聴いてなかったのさ」

「かもしれないわ。でも$\sqrt{4}$が±2だからって、それがどうしたって言うのよ。お天道様《てんとうさま》が西から上るってでも言うの?」

$\sqrt{4}$が±2であることをはっきりと認識していなくても通学を許される学校とは、どんな学校なのだろうという疑念に襲われて思わず私は尋ねました。

「カコは一体何の学校に通っているんだい?」

「あたし? あたし、コウサンよ」

「コウサン、高3……えっ、カコは高校生なのかい?」

「そうよ。一体何だと思ったの?」

「高校生とは思わなかったよ」

「へへ、あたし、いかれてるもんね」

確かにいかれてはいましたが、しかし、いかれたままでこの世の生を無事に全うはできないと知るくらいの力は彼女にも備わっている確信が私にはありました。

「高校を卒業して、それからどうするんだい?」

「どうするもこうするも、その卒業が大問題なのよ」

その時、一人の男が颯爽《さっそう》とはいってきました。

年齢は三十四、五歳というところでしょうか。彼はセールスマンでした。乗用車を売っているのでした。五人一組《ひとくみ》になってこのあたり一帯を訪問販売している一団の彼はリーダー、あるいは責任者とでもいうべき存在でした。彼らは十万、百万、時には千万円単位の車を売るのです。

一日を五百円で生きている私には、彼らの口から無造作に出て来る桁外《けたはず》れの金額は、何やら何万光年の彼方《かなた》の異質世界の話としか到底思えませんでした。そんな途方もない金を出して車を買う人々が、この界隈《かいわい》にいるのでしょうか？　それに、何のために？

アメリカ人は、四人に一台の割合で車を所有しているという話を、大いなる驚嘆と羨望を感じつつ聞いて育った私には、日本にもそんな日が訪れようとは夢想もできなかったし、まして、現にその日がやって来ていることなど、全く理解すらできないのでした。

日本が瞠目《どうもく》すべき経済発展を続けていることは知っていましたが、しかし個々人が、その飛躍的な成長の恩沢《おんたく》を受けているという如実な実感はどうしても持つことができませんでした。

しかし、彼をリーダーとする五人組は、豊かさの兆候を驚くほどの確かさで察知し、車の販売が飛躍的に伸びるであろうことをちゃんと見抜いていたのです。彼らは旺盛な情熱と、時代の先端知識に満ち溢《あふ》れていました。純喫茶ボンは、カコが現われたのとほぼ時を同じくして、彼らの販売戦略の、言わば前線基地とでも言うべきものになったのです。

朝の九時頃から十時までの間に、てんでにこの店にやって来る彼らは、五人揃《そろ》ったところで、コーヒーをすすりつつ、何やら膨大な資料を目の前に積み上げ、犯罪捜査に赴く刑事さながらに、分厚い地図帳まで広げて、これから攻略に訪れる家々の情報の交換に余念がありません。それが終わってからも、周到で活発な論議を数十分重ねてから、勇躍、彼らは戦線へと乗り出して行くのです。

私には彼らの情熱が羨ましいものにも思われましたが、また別のときには、馬鹿馬鹿しいほど滑稽なものにも思われました。セールスマンという仕事に、かくも熾烈《しれつ》な熱意と、行動力と、弁舌の才が要求されるものなら、私には彼らの職務は一日どころか、半日も勤まりそうにありませんでした。彼らを見ていると、躰がほてるまでに自分自身の鈍重な性格が痛感されるのでした。

要するに、私は生きるために最低限度の努力しかしない男であり、それしかできない男であり、都会で有能で、時代を敏感に察知し、それに追従していく能力、熱意など、かけらほども持ち合わせてはいないのです。

で、男は入って来るなり、いきなりカコをダンスに誘いました。私は、自分自身が誘われでもしたかのように、ぎくりとしました。もちろん、私は女をダンスに誘ったことなど一度もありません。ダンスに興味がないためか、誘っても女がついて来るという自信が持てないためか、いずれにしろ、私はダンスのダの字も知らないのです。

私が驚いたのは、彼が唐突にカコをダンスに誘ったというそのこと自体よりも、出し抜けに誘っても女はついて来るに違いないという、彼の自信に満ちた口調と身振りのためでした。男っぷりの良さ、金回りの良さ、有能であるとの並々ならぬ確信があれば、これほど自信たっぷりに女を誘えるものでしょうか。

カコは、何だか曖昧《あいまい》な微笑を浮かべました。

「招待券があるんだ」

男は、数枚のそれらしい紙片をポケットから取り出して、ひらひらさせました。

（いいわ）と彼女が承諾するのは確かな気がしました。そんな軽薄さが彼女にはあるように思えたのです。誘惑を敢然と拒み切れない弱さがあるからこそ、彼女は高校卒業すら覚《おぼ》束《つか》ないほどの窮地に立たされているのですが、意外なことに、今にも飛び付きそうな微笑とは裏腹に、カコの口からはなかなか（いいわ）の一言《ひとこと》は出て来ないのです。

「いいじゃないか……」もうひと押しとばかり、彼は語気を強めました。

その時、電話のベルがリンと鳴りました。彼は受話器に飛びつきました。この店にかかってくる電話はすべて自分宛のものだと決めてかかっている、何の逡巡も見せない、それは素早い身のこなしでした。案の定、電話は部下からのものでした。

「なに、とれない?」

さっと、彼の顔に緊張の色がみなぎりました。

「駄目だ!　そんな弱腰でどうする。何が何でも売り込むんだ……。馬鹿!」

彼は国の興亡を前にでもしたかのような、ものものしい口振りで続けました。

「いま尻尾《しっぽ》を巻いたんじゃ、まる十日の苦労が水の泡じゃないか。押すんだ。……なに、そんなこた構《かま》やしない。押して、押して、押しまくるんだ。一度食らいついたら、どんなことがあっても放しちゃ駄目なんだ。……なに言ってるんだ!　そんな寝言みたいなことを言ってるから君は腑抜《ふぬ》けだって言うんだ。待て!　そこで待ってろ、いま俺も行く」

受話器を手荒く置くと、またしても彼はカコの前に歩み寄りました。今しがた受話器に向けた激情の痕跡はもうどこにもありませんでした。

「どう?」

彼は押し付けがましい視線を、じっとカコに向けました。

「決まった？」

またしてもカコの顔に曖昧な微笑が浮かび上がりましたが、その笑みの意味を表す言葉は彼女の口からは出ませんでした。

「考えといてくれよ。用事ができたんで、またあとで来る」

悪い返事へのいささかの疑惧《ぎく》もない自信に満ちた足取りで、彼は扉を開けて、薄暮の往来へと飛び出していきました。

彼の姿が消え去ると同時に、カコは顔をしかめて、ちっ、と舌打ちしました。

「しつっこいっちゃありゃしない……」

彼女は吐き出すように言うのでした。

「お客さんだと思って黙ってりゃ、いい気になってさ。ダンスどころじゃないのよ、こっちは。落第しやしないかと思って、目のくらみそうな毎日を送っているというのに、人の気も知らないで、ダンスだなんて、よく言うよ。いい年して、あの人、もう三十は過ぎてるんでしょう。今さらダンスって年でもないだろうに、何考えているんだかねえ」

いい気な自惚《うぬぼ》れ男に対する痛罵に快哉《かいさい》を叫ぶより、私は、江戸っ子気質の猛烈で、歯に衣《きぬ》着せぬ反骨精神をカコの中に見て、びっくりもすれば、たじたじもする思いでした。

程なくして、かのセールスマンたちはS街道沿いに完成した自動車販売所へと移って行きました。

五

二月の半ばになって間もなく、三時過ぎにカコからママさんに電話がありました。こちらに背を向けて受話器を取り上げたママさんは、数語を耳にした後、弾かれたように丸めた背筋をぐっと伸ばし、晴れやかな声を上げました。

「まあ、そう。よかったわね、おめでとう」

それから、くるりとこちらを振り向き、満面に笑みをたたえたまま、誰にともなく言いました。

「カコ、卒業できるんですって！」

何人かの常連客の中には、安堵《あんど》の呟きを洩らす者もいれば、あからさまな喜びの声を上げる者もいました。意外でもあれば嬉しくもあったのは、その中に何人かの老人たちもいたということでした。

確かにカコは美しい容貌の持ち主ではありましたが、そうした女にありがちの冷ややかさ、取り澄ましたところのまるでなく、時には、がさつにも無神経にも思われる無縫さがありましたが、しかしいったん仕事に取りかかった彼女には、今では天晴《あっぱ》れなほどの節度と熱心さが見られて、老人だからといって、軽薄な若者たちから受けがちな侮《あなど》りや蔑《さげす》みをカコから受け取るなどということは陰でも日向《ひなた》でも、万が一にもなかったのです。それどころか、彼女は時には老人の我儘《わがまま》の犠牲者ですらもあったのです。

しかし彼女はそんな時も、決して不快な顔を見せたりはしませんでした。とどの詰まり、年配者や老人たちの落ち着いて、公平な目で見たところ、彼女の気質は見た目ほど浮薄でもなく、ひねくれてもおらず、それどころか、輝かしいほどの繊細《せんさい》さや優しさに満ちていることが分かって、彼女を愛し始めた者も少なくなかったのです。

彼らが、若気《わかげ》の至りで陥った、困難なカコの卒業問題に秘《ひそ》かに心を痛めていたのも事実でした。彼女が無事に卒業できると知って、彼らが何がしかの安堵の仕草を見せたからといって、何も驚くには当たらなかったのです。

ただ私自身は、カコの卒業を切実に願った訳ではなく、落第しても悲観するには及ばないという半端《はんぱ》な態度を取って来たので、現実に彼女が卒業できると分かって、その報知を、周囲の者と同じように手放しで喜ぶのは虫が良すぎるのではなかろうかという、変なためらいを感じたものでした。

夕方になって、カコはいつものようにボンにやって来ました。喜色を満面にたたえた、足取りも軽やかなカコの姿を想像していたのですが、私の予想はまんまと裏切られてしまいました。彼女はいつになく厳粛な、重々しい面持《おもも》ちで現われたのです。

「卒業できるんですって……おめでとう」開口一番ママさんが言いました。

カコは浮かぬ顔をして、一瞬口ごもり、それでもどうにか笑顔をつくり、小さな声で、「ありがとう」と言いました。

「でも、卒業できないのもいるのよ……」

それが、彼女が自分の卒業を一途《いちず》には喜ぶ気になれない唯一の理由らしく思われました。あんまりしんみりとしていられたのでは堪《たま》らないので、私はことさらの冷淡さを装って言いました。

「いくらカコが友達思いだからって、落第まで付き合ってやる必要はないぜ」

するとカコはじっと私を見つめて、しきりと瞬《まばた》きしながら、ぼそりと言いました。

「そうよね、あたしがくよくよしたって始まる話じゃないわ。それに、いざとなったら、誰もかまっちゃくれないんだから」

「箸《はし》すらろくすっぽ自分の手で持とうとはしないやつのことまで、いちいち気に病《や》んでたんじゃ、自分自身の立つ瀬はどこにもなくなる」

「……」

「卒業したらどうするんだい？」

「働くわ……」そう言ったときの彼女の声は、もう普段の、弾みのある意志的な響きを帯びたものになっていました。

「もう決まったのよ。ねえ……」彼女が目に力を入れました。

「何かプレゼントちょうだいよ、お祝いにさ」

その時、私は本当に何か贈ってやりたいものだと思いました。そして、何がいいだろうとまで思案しました。ところが、私は無一文になりかけていました。私が無一文と言うとき、文字通り、それはパン代にも事欠くほどの窮乏状態にあるという意味です。背筋に、かっ、と熱いものが走りました。金がないから、プレゼントはできない、とは言いかねました。

「プレゼントかい？」

何が欲しい？　という響きをこめて私は言い返しました。何日か働けば、プレゼントを買うくらいの金なら手に入れられるのです。

「何だっていいのよ……」私の窮状を察したわけでもあるまいに、カコはしおらしいことを言いました。

「別に高いものじゃなくったって」

「考えとくよ」何を贈るか決めかねたままで私は答えました。しかし、プレゼントする意志があることだけは確かなことを知って、カコも念を押すように付け加えたものでした。

「考えといて！」

その夜、自分の部屋に帰った私は憂鬱《ゆううつ》でした。去年の夏から初冬にかけて働いた金が底をついてしまいました。働かなければ必ず文無しになることが分かり切っていながら、いよいよ飢えに追い詰められなければ労働意欲の湧き上がらない自分自身に、私はいい加減うんざりしていました。

実直な労働者が等《ひと》し並《なみ》に持ち合わせている慣性力を私はどうしても体得することができません。つまり、およその労働者は、物体は外からの力の作用を受けなければ、運動しているものは、その方向に永久に等速運動を続けるという、あの物理学的慣性に似た習性に従っており、それを具えていなければ、決して勤勉であることはできないのです。

どうして働かなければならないのか、何のために食わなければならないのか、小学生にでも分かり切っている道理を、朝目覚めるたびに自問自答していたのでは、人は決して、ああも律儀に職場に通うことなどできはしないのです。逡巡の余地のない、確たる目的がなければ、人は絶対に謹厳な勤め人とはなり得ないのです。

ひとたび目標が定まった以上、もはやその意味、価値の絶対的真理性をゆめ疑ってはならず、いったん何かの職務に就いたからには、宇宙に向かって発射されたロケットさながらに、後は慣性の力に身を委ねて進み続けるのでなければ、生活の安定向上、企業の健全発展、国力の増大伸張などということは永久に起こり得ないのです。この惰性に対する本能的嫌悪のために、私はどうしても実直な勤労者になれないのです。

仕事に出かけるとき、私は悲壮とでも言うべき覚悟を抱いて部屋を出ます。二度と生きては帰れぬ激戦地へでも赴《おもむ》くかのような物々しい決意で出かけます。一日働くために、一週間もの心の準備が必要です。私は何か確たる目的のために働くのではなく、働かなければ飢え死にするから、仕様ことなしに働くのです。生の確かな理由を持たない者は、同時に死の根拠も見出せずにいるのが常です。

ところが昨年は、夏から十一月の初めにかけて、飢え死にの心配もないのに、私はせっせと真面目《まじめ》に働きました。借金の返済のためでした。

この借金はと言えば、ほんの十日間ほど働くつもりで、泊り込みで出かけた下水道工事現場で、働き始めて一週間が過ぎ、急性盲腸炎に襲われ、それで入院を余儀なくされ、その費用を親方から出してもらったがためにできたものでした。どこの馬の骨だか分からない私のために、親方は何のためらいも見せずに四万円の手術費を用立ててくれたのです。

それまで私は、万が一の不測事態に備えて貯金をするなどということを決してしませんでした。万が一起こることで最悪のこと、それは死ですが、死ねば、当然のことながら貯金など何の役にも立ちません。しかし、わずかな金で助かる命もあるのだ、というところまでは思い及びませんでした。起こるとすれば、私には最悪のことだけが起こる必要があるのであり、単に悪いこと、やや悪いことなど全く念頭になかったので、この急性盲腸炎にはすっかり面食らってしまいました。

親方の弟のジュンと、巨大なコンクリート製の下水管を、三メートルも掘り下げた溝の中で連結している最中に、いきなり猛烈な腹痛に襲われ、時とともに痛みは増し、やがて私の全身は他のいかなる感覚、思念も入りこむ余地のない、痛みそのものとなってしまいました。

盲腸炎など、現今では病いのうちに入らない軽微な障害に過ぎないそうですが、とにかく、これがいきなり襲ってくると痛いのです。

痛みで意識が朦朧《もうろう》となっていく中で、油蟬《あぶらぜみ》が鳴きしきっていたのをはっきりと憶えています。時折り、耳鳴りと錯覚しかねない、それはすさまじい蟬時雨《せみしぐれ》でした。でも、氷のように透明で純粋な腹痛は、もはや私に錯覚に幻惑されるほどのゆとりは与えませんでした。じっとしているだけでは、痛みは増し続け、際限もなく体内に蓄積されて行くようで、私も蟬みたいにおめき声をあげることで、いくらかでも痛みを緩和、発散させようと必死で努めました。

うんこしてみない、正露丸、飲んでみない、という、ジュンの勧告は、いずれも痛みを軽減させるのには何の役にも立ちませんでしたので、彼はダンプカーで私を病院へ運びました。私の頭を膝の上に載せて、しきりと撫《な》でさすりながら、

「痛かろうね、苦しかろうね。丈夫なあんたが、こげな太《ぶと》かうめき声上げとるとじゃけんね。気張りなはい、がんばりんしゃい、もうすぐ病院へ着くけんね。ジュン、それ、もっと飛ばさんかい」

と、私とジュンを代わる代わる激励、叱咤《しった》してくれたのは、ジュンの母親でした。盲腸炎と診断され、手術が不可欠だと分かったとき、私はいまいましい思いでした。親方一家に返済不能の大恩を負ってしまったのです。私は彼らに生命を救ってもらったのですから、一命をもって彼らの恩義に報いるべきでした。すると、私は一生下水工事人として、親方のもとで働かなければならないのです。

十日ほどで退院して、再び働き始めた私は、取りあえず、月々の給料から一万円ずつを差し引いてもらって、立て替えてくれた入院費の弁済に当てました。

三ヶ月かかって三万円を返し、あと一万円で皆済《かいさい》できるはずの十一月になって、私は、こちらの方はほとんど治療不能の病いに襲われました。つまり、いつとは正確に予想はできないものの、いざ働きに出れば、必ず早晩訪れる、あの労働拒否症という、不治の病いに不意に捉われたのです。

この発作に取りつかれると、私は前後の見境《みさかい》がつかなくなるのです。急にこの職場をやめれば、必ずや極貧状態に陥ること、多くの人々の信頼、期待を裏切ることがはっきりと分かっていながら梃《てこ》でも棒でも動かなくなるのです。

命の代償をすっかり弁済もしないままに親方のもとを飛び出すこと、それは自らを卑劣な背徳者の地位に転落させることでした。礼節、恩義をわきまえぬ、見下げ果てた人非人と冷笑、軽蔑されることでした。

この不安、恐怖も、しかし私が親方のもとを逐電《ちくでん》する何の妨げともなりませんでした。人を裏切るのは、何もこれが初めてという訳ではないのでした。裏切りは、言わば私の第二の天性とも言うべきものになっていました。この世に永遠の絆というものが存在しないのだとすれば、結局のところ、裏切り以外のどんな関係が人との間に可能だというのでしょう。

親方のもとを無断で飛び出した私は、時折り陰惨な悪夢に襲われました。夢の中で、親方とジュンが現われ、彼らは無言のままに、いきなりドス（短刀）で私を刺すのです。刺されても、私は何の抗弁もしませんでした。

親方のもとを去った私は、中野の江古田にある自分のアパートに舞い戻って、ずっと喫茶店ボンに入りびたっていたのです。

「何かプレゼントちょうだい」とカコが言ったその日から二日が過ぎて、ついに来るべきものが来ました。つまり、私は金を使い果たしたのです。それでも私は働きませんでした。安物の腕時計を質に入れ、わずかな本を古本屋に売って、その金でボンへ通いました。

いよいよ土壇場に追い詰められて見るカコは、実に美しく見えました。そのうちにくれると思ったのか、それとも忘れたのか、彼女は、例のプレゼントは催促しませんでした。もう何も売り払う物もなく、百円玉が一個だけ残った夜のこと、それを前にパンを買おうか、それとも見納《みおさ》めにカコのいるボンへ行こうかと思い迷ったあげくに、結局、私はボンを訪れました。見納め、とは大げさな表現のように思われるかもしれませんが、何しろ、金のない日雇い労働者の明日というものは、決して正確な予想を立てがたいのが常なのです。

毎日、自分に都合《つごう》の良い日銭《ひぜに》が稼《かせ》げる仕事があるとは限らず、場合によっては一週間、十日、二十日、一ヶ月、現場に泊り込んで働かなければ、一円の金にもありつけない事態に陥ることがしょっちゅうあるのです。ことに、真冬の今頃はその可能性が大いにあるのです。ひと月も部屋を留守にすれば、その間に卒業してしまうカコに会うことなどもう永遠にないように思われました。だから、その夜が彼女の見納めになる可能性は十分にありました。

客は誰もいませんでした。ママさんも留守でした。カコが一人、週刊誌を読んでいました。

「卒業式いつだい?」カコを目にするなり、私は声をかけました。

彼女は週刊誌を放り出し、そしていつになく優しさのこもった声で言いました。

「まだよ、でも、もうすぐ」

私はコーヒーを注文しました。カコは厨房の中に入り、サイフォン式コーヒーメーカーのランプに点火しました。できたコーヒーを盆に載せて運んで来ると、それを私のテーブルに置き、傍《かたわ》らに広げた私の本を覗《のぞ》き込みながら、「何読んでるの?」と訊きました。

「つまらないものさ」

「大変ねえ」相変わらず、意外なほど優しさのこもった声でした。このまま彼女を週刊誌に帰すのは、いかにも心残りでした。

「卒業式が終わって……世の中に出て……いろんな経験をして、つまり、カコ、今からだなあ、本当に面白おかしいのは」

取って付けたような言葉で、言っている最中に恥ずかしさで躰がほてりました。そもそも、面白おかしいことの存在など、私は何一つ信じてはいないのでした。ただ、馬鹿げたことでもいいから、何か話したい衝動をこらえきれなかっただけでした。カコはうっすらほほ笑んで、私の椅子の背もたれに両手をあずけ、上ずった声で、

「ねえ、何かおもしろいことない？」

と言いました。それと同時に、彼女の笑みが急に歪《ゆが》んで、不気味な形相を帯びてきました。私は咄嗟《とっさ》に飛びのきたい思いに駆られ、断固たる口調で言いました。

「ないよ、何もおもしろいことなんざ」

すると、彼女はぐっと唇を引き締めました。例の深い縦皺が、くっきりと両頬に浮かび上がりました。

（なによ……）彼女の瞳が、ありありと不平の色を浮かべていました。

（おもしろ、おかしいのは今からだと言ったくせに、その舌の根も乾かないうちに、そんなものは何もないだなんて……）

それで一瞬、私は重ねがさね、愚かしいことを口にしたものだと思いました。ちょうどその時、カコが扉に向かって、「いらっしゃいませ」と声を上げました。

二人連れの男性客がやって来てコーヒーを注文しました。カコは私のもとを去り、厨房に入りました。その途端に、私は名状し難い寂寥感に捉われました。明日、何を食えばいいのか分からない窮乏状態が憂悶をもたらしました。狭く、暗く、散らかし放題の自分の部屋に帰ることが、呪《のろ》わしいほどの幻滅の予感を呼び起こしました。

カコは厨房の中で、化学の実験道具を思わせるサイフォン式コーヒーメーカーをじっと見詰めています。二つのフラスコが一本の管で上下に連結されています。下のフラスコには予め《あらかじめ》沸かしたお湯が入っています。上のフラスコには粉末のコーヒーが入っています。下のフラスコをアルコールランプで熱すると、沸騰したお湯は連結管を通って、上のコーヒーの粉末と混合し合って、もう一度管を通って、下のフラスコに流れ落ちます。それで、出来上がりです。

フラスコを前にしたカコは、重大な化学反応を見極めようと緊張している学者さながらです。その自分の姿が、輝くばかりの美しさを放っていることに彼女が気づいているかどうか、私は知りません。多分、気づいていないでしょう。

美を我が物にする確かな手立てを持ち得ない自分の無力さに、私はただ呆然とするばかりです。例えばマネやドガなどはこうした瞬間の美を鮮烈に画布の上に描き留めるだけの羨ましくも尊い才腕を所有していたものでした。

アルコールランプに蓋《ふた》をして、フラスコのコーヒーを二つのカップに注ぎ分けたカコは、それをニュームの盆に載せて、驚くほど無口な二人連れのお客の前に運んで行きました。

もう帰るべきだと思いました。いつまでもぐずぐず尻を据えていても仕方がないと思いました。

コーヒーを飲み終わると、二人の客は、入って来た時と同じように、ほとんど無言のままに出て行きました。カコは灰皿やカップを片付け、流し場で洗い終わると、手を拭きながら厨房から出て来ました。私は帰ろうとして、目前に広げた本を閉じました。すると、カコが呼びかけました。

「ねえ、ドーナツ食べる?」

「ありがたい!」思わず、私は声を上げました。

実際、一日中何も口にしていなかった私にとって、何かの食物にありつけることは意想外の喜びでした。しかし、思わず上げた声に、自分の空腹を彼女に見透《みす》かされはしなかったかと、一瞬ひやりとしました。

(それに、彼女はくれるとは言わなかったぞ。あとで、食った分の代金を請求されやしないか知らん)

私には、コーヒー一杯分の代金、百円玉が一個あるだけでした。そして、それすら確かにあるかどうか疑わしくなって、思わずポケットをまさぐったほどでした。どきりとしました。あるはずの百円玉が見当たらないのです。

「どうかしたの？」私のうろたえた気配を察して、カコが不審げな面持ちで言いました。

（確かに入れたはずなんだが……）

「お金？　このドーナツ、あたしのおごりよ。お金なんかいらないわ」

彼女は、とても腹の足しになりそうもない、二個のドーナツを並べた皿を私のテーブルの上に置きました。

おごり、と聞いてほっとした私は、同時に穴のあいたポケットをすべり抜けて、服の背中の方にまわった硬貨を探り当てることができました。

「あったよ！」我ながらびっくりするほどの声を私は張り上げました。

またたく間に、二個のドーナツを平らげました。小さなドーナツは、胃の腑を満たすというよりは、眠っていた飢えを不機嫌に目覚めさせるに役立ったに過ぎませんでした。有り難いと思うより、もっと欲しいという気持ちの方が先に立ちました。

「まだあるわよ……」カコが厨房の中から言いました。

「もう沢山《たくさん》だ……」

どうした訳か、彼女の声を聞いた拍子に、空腹感は消し飛んでしまいました。

「どうも、ごちそうさん」

「遠慮しなくったっていいのよ」

「いや、遠慮するよ」

するとカコは、じろりと私を睨《にら》みつけました。

「おいしくなかったんでしょ」

（うまかったよ）

「でも、二つじゃおなか膨《ふく》れないわね」

いつの間に芽生えたものやら知らん、いやらしい貧乏人のひねくれ根性みたいなものが思わず頭をもたげ、私は言わずもがなのことを口走ってしまいました。

「俺が腹をすかせているとでも思ったのかい？」

しかしカコは、私が思っているよりずっと大人《おとな》でした。取りようによっては言い掛かりとでも解釈できる私の言葉を、事もなげにやり過ごしたのです。

「だって、もう十時でしょ。そろそろ小腹《こばら》のすくころよ。晩ご飯、早いの？　何時ごろ食べるの？」

「食いたい時に食うよ。腹が減ったときにね」

「もう一個あるのよ、食べない？」

「たくさん」

「じゃあ、あたしが食べるわ」

言うなり、あんぐり口をあけて、彼女は丸ごとドーナツを放り込みました。

ドアが開いて、外出中のママさんが帰って来ました。

「雪が降り出したわ」

かじかんだ両手をしきりと揉み合わせながらママさんが言いました。

「この分じゃ、朝までにかなり積もりそうね」

西昌三郎

一

踏切を渡ろうと、一歩足を踏み出した途端、突然眼前に迫ってきた電車に、あっ、と驚きの声を上げ、躰《からだ》がびくんと震えて、やられた、と思ったのは同時でした。おそろしい衝撃の後に私が感じたのは、身震いするほどの寒気でした。

頭からすっぽりかぶっているはずの毛布が足元に丸まっており、私は今や何も夜具をまとわないままに横たわっているのでした。すると、電車に轢《ひ》かれたのは、夢だったのです。夢でよかったと胸を撫《な》で下ろすような悪夢を最近よく見ました。どこか精神が衰弱でもしているのでしょうか。

丸まった毛布を再びしっかり身にくるんで、目を閉じました。いったん目が覚めると、なかなか寝つかれませんでした。明日はどうしても仕事に出かけなければならないので、寝過ごさないように、少しでも眠っておく必要がありました。ふと窓の方に目をやると、外がやけに明るいことに気がつきました。

（もう夜明けかしら）

起き上がって、窓を開けました。花弁に似た、大粒の雪が降りしきっていました。朝、目覚めた者たちを、銀色の世界で驚かせてやろうとしてか、雪は静かに、それでも小止《こや》みなく降っていました。このまま朝まで降られたら、日雇い仕事はないだろうことは確かでした。それなら明日、一日中、飲まず食わずで寝ていてやれという、自虐的な快感にも似たものが湧き上がって来ました。

（それなら、何も寝過ごさないようになんて、余計な気を揉《も》む必要はない）

再び横になって、うとうとしました。

私はトラックの助手席に座って、見覚えのある道路を走っていました。それは非常な困難を克服して、つい最近完成したばかりの高速道路でした。真っ直ぐに前方を睨《にら》んだままにハンドルを握っている運転手の顔を一度も見ないままに、私は、きっと彼は腹を立てているに違いないと思いました。

どこへ行くつもりだったのか自分でも分かりませんが、私はもうかなり長い間、直線的に延びた高速道路の路肩をてくてくと歩いていたのでした。いい加減くたびれているところへ、この大型の長距離輸送トラックが通りかかりました。手を上げると、運転手は車を停め、私を乗せて、再び走り出しました。

(彼が快く俺を便乗させてくれたのは、きっと俺が何がしかのお礼をするに違いないと踏んだからだ)

そしてもし金があれば、私は必ずや何がしかのお礼をしたはずなのですが、何しろ私の嚢中《のうちゅう》は空《から》っぽなのでした。

(そうと分かれば、彼が腹を立てるのは受け合いだ)

しかし、眼の隅《すみ》でうかがったところ、運転手が機嫌を損《そこ》ねている様子はどこにもありませんでした。

(まだ俺が素寒貧《すかんぴん》だってことに気がついていないんだな)

長い鉄橋に差し掛かろうとしたとき、運転手はブレーキを踏みました。交通巡査が棒電灯を大仰《おおぎょう》に打ち振りながら、バックしろと合図していました。運転手は巡査の指図に従うべく、運転席から身を乗り出して、後方を見やりながら、巨大なトラックを後退させようとしました。

私は気を利《き》かせるつもりで、助手席から飛び降りて、車の背後に回り、オーライ、オーライと怒鳴りました。するとトラックは私の誘導通りにうまく後退して来るように思われたので、運転手はたとい私が無一文だと知っても、そんなに気色を損じたりはしないかもしれないと思いました。

巡査がやって来て、事故が起きたからしばらく待機してくれ、と言いました。私は、人だかりがしている方へ歩み寄りました。一台の乗用車が原形をとどめないまでに無惨に大破し、路上に一人の青年が血達磨《ちだるま》で横たわっていました。彼の頭はよく熟したザクロのようにニつに割れて、脳髄、脳漿《のうしょう》が血にまみれて黒いアスファルトの上に流れ出していました。救急車がやって来て、青年は担架に載せられました。担架に横たわった彼が、ふと呟《つぶや》きました。

「僕はもう助からないな」

私もこの傷では、とても助かるまいと思いました。ただ、死に瀕した青年の声が怯《おび》えや苦悶のない、極めて穏やかなものだったので、私はこの青年は一体どんな面立《おもだ》ちの持ち主か見てやろうと思って、ぐっと彼の方に身を乗り出しました。

いつかは、誰にも、どのような形でか必ず訪れる死を、このように穏やかに迎えられることは、私には稀有で素晴らしいことのように思われました。が、身を傾けた瞬間に私は目が覚め、これが夢だったことに気がつきました。

（またしても死の夢か）

（雪はまだ降っているのかしら）

しかし、それを確かめようともせずに、裾《すそ》の広がった毛布をぴったり躰に巻き付けました。本当の眠気《ねむけ》を私は感じていました。眼を閉じると、すぐに別な夢を見ました。

私は何かの企てに成功しかけていました。

何を計画していたものか定かではありませんが、成功するという考えがひとりでに湧き上がってきて、私は歓びに浮き立つような気分になっていました。

私はせっせと、下水が流れ込んで来るコンクリート製の、水溜《た》めの枡《ます》をいじくっていました。そして、溜め枡の底にある穴から、下水本管へと新聞紙やチリ紙や野菜屑《くず》や、いろんな汚物が渦巻いて吸い込まれて行くのを見て、これでいい、成功だ、と呟きました。

それから、今までさんざんいじり回した様々なパイプや土管を見て、これらの物を少しもいじった形跡がないようにしなければいけないと思いました。それで、土くれや、汚物のこびり付いた土管やパイプを入念に元通りの形に直して、それがとてもうまく行ったので、私は満悦の体《てい》で立ち上がりました。

その時、一人の男が突然に現われて、私をじっと見つめ、「お前も最後だな」と言いました。

私は茫然と男を見返しました。彼は背後に待ち構《かま》えている数人の、部下とおぼしき面々に向かって、「証拠は上がっている。さあ、かかれ」と命じました。

すると部下たちは、一台の車から測量器や製図器などを持ち出し、あわただしく働きはじめました。何をしでかしたものやらさっぱり分からないながら、これほど物々しく検分されたら、自分のやったことは残らず、すぐさま発覚してしまうだろうという絶望的な気分に襲われました。それにしても、私はなんのつもりで下水管などをいじくり回していたのでしょう。

「あんたの隣のおかみさんが……」と、さっき私に向かって、私の最後を宣告した男が言いました。「あんたのやったことを残らず見てたんだ」

すると、見たこともない一人の中年女が現われて、「どうもおかしいと思ったよ」と、私の顔を気味悪そうに見回しながら言うのでした。

「変な音がするじゃないか。あたしは初め、ガスの音かしらと思って、湯沸かし器の火を消してみたんだけど、やっぱりシュー、シュー、音がやまないから、こりゃ変だと思ったのさ。それでお勝手の窓から外を見ると、お前さんがしきりと下水管をいじくってるんで、ははあ、と思ったの……」

不可解な気持ちのままに目覚めた私は、不可解な気持ちのままに、またぞろ眠りの中に引きずり込まれました。

私は一軒の酒場の前に佇《たたず》んでいました。降りしきる雪の中で、その酒場が開くのを、もう何時間も前から震えながら待っていたのです。

昨夜、その酒場のステージで踊るダンサーの中に彼女を見たのでした。私が今夜、再びここを訪れたのは、いつの間にか、あれが確かに彼女だったかどうか疑わしくなって、今夜もう一度ステージの踊りを見て、それを確認したいがためにほかなりませんでした。

二年前の秋に、私は初めて彼女を高田馬場の喫茶店で見たのでした。彼女はその店一番の美人であり、その店一番の働き者でした。私はと言えば、美しい女を愛さずにはおれない性質《たち》であり、そのくせ、一度も女を愛し抜いた例《ためし》のない男でした。

美を美と感じる力はありながら、美を所有する能力がない男……美を所有しようとする一切の努力が屈辱的でもあれば、無様《ぶざま》で滑稽ですらある失敗をもってしか報いられない男でした。

私はひと目で彼女が好きになったので、自分が彼女から嫌われていないことを、何週間かその店に通いつめて確信したあげくに、彼女に手紙を書きました。しかし彼女は、他の男から、情熱に任せた、手前味噌の感懐を書き連ねた手紙を受け取る訳にはいかない立場にありました。夢にも思わなかったのですが、すでに彼女は結婚していたのです。

私の手紙を偶然に見つけた彼女の夫は、そのことで彼女を激しく難詰《なんきつ》しました。それで彼女はわたしを避け、憎むようになりました。彼女はある日、大勢のお客の中でさんざんにわたしを罵倒し、これ以上手紙を送る意志を徹底的に挫《くじ》こうとしました。何ともすさまじい面罵《めんば》を浴びながら、私は思ったものでした。

(不抜の愛情で結ばれている夫婦の絆なら、俺の手紙の一通や二通でそう簡単に揺れ動くはずがない。にもかかわらず、あの柔和な女が浅ましいほどに取り乱して俺を痛罵《つうば》するということは、俺の手紙が何がしかの影響を彼らに与えたからこそなのだ。してみると、このまま、まあ彼女の夫から腕の一本ぐらいへし折られる覚悟で手紙を書き続けるなら、俺は彼女たちの絆を断ち切ることができるだろうか。そして、夫と別れた彼女を俺は幸福にできるだろうか?）

しかしよく考えてみると、どうもそれは無理な気がしました。どうも、と言うより、とても無理な気がしました。これ以上手紙を書き続けること、それは誠実な気持ちで結婚を守り抜こうとしている彼女を狼狽《ろうばい》させ、苛立《いらだ》ちを募《つの》らせるだけのように思われました。

人前で痛罵された腹いせに、意地でも手紙を送り続けようとしましたが、そんなことは恥の上塗《うわぬ》りに過ぎませんでした。冷笑や皮肉や説得をもってしてはあしらいかねる熱情を見たからこそ、彼女は女としての慎み、たしなみを振り捨てて、なりふり構わず私を遠ざけようとしたのです。私はあっさりと彼女を思い切って、二度とその喫茶店には足を踏み入れませんでした。

で、昨夜、酒場で大勢のダンサーに混じって踊っていた彼女は、二年前よりもやつれ果てているように思われました。そして、彼女はきっと離婚したに違いないと思いました。その何がしかの原因が、私の書いた手紙にあるのなら、私はもう一度彼女に会って、まだ書くはずだったことを語らなければならないと思いました。

が、昨夜見たのは、ほんの短い間だけだったし、それが彼女だったという確信は今やすっかり消え失せてしまっていました。

やがて開いた酒場のステージで踊るダンサーたちの中に、彼女の姿はありませんでした。するど、昨夜、彼女を見たと思ったのは、あれは単なる幻覚だったのでしょうか。

無性《むしょう》に淋しくなって、私は外に出ました。すると一人の若者が、少年を物陰に引っ張り込んで、ナイフで脅しつけていました。その若者には見覚えがありました。中学生時分、すでに彼は不良仲間に加わって、弱い者をいじめてはいい気になっていたのです。私は彼の方に近づいて、「そんなことをしてはいけない」と諫《いさ》めました。

すると彼は、それまで摑んでいた少年の胸倉を手放すと、ナイフを構えて、腰を落として私に迫って来ました。

(俺を本気で刺す気だな) 私はじりじりと後退《あとずさ》りました。

私は彼のナイフで刺し貫かれることを恐れており、それで、命を賭けてまで物陰で脅迫されている少年を救い出す気はないのだと知って、自分自身にがっかりしました。

ともあれ、若者の殺意を挫《くじ》くには、私がナイフ以上に威力ある武器を持つことでした。

すると、私は手に拳銃を持って、ぴたりと彼に狙《ねら》いをつけていました。私と若者は、身動きしないままで睨み合っていました。私は拳銃の引き金を引かなくてすむように、彼が逃げ出してくれればいいのにと願っているのですが、彼は私の瞳に見入ったまま全く動かないのです。

途方に暮れたまま、私は目が覚めました。全ては夢の中の出来事に過ぎませんでした。私は全く実体のない困惑を味わっていたに過ぎなかったのです。夢だった、とほっとすると同時に、すぐさま私は濃密な眠りの底へと落ち込んで行きました。

私は片側が切り立った絶壁で、その反対側が深い谷になっている岨道《そばみち》を歩いていました。一人の青年が足早に私を追い越して、谷底を覗《のぞ》き込んだと思ったら、ひらりと身を躍らせて視界から消え去ってしまいました。地底へと落下した青年は、大きな岩に打ちつけられて、長々と横たわっていました。

身を躍らせる瞬間、彼はひょいとこちらを振り向きました。彼は、私が大学生だった時分、二年間、故郷のM市が経営する学生寮で生活を共にしたことのある、二年先輩の学生でした。教師になるために、彼は歴史学を勉強していました。飄々《ひょうひょう》としたところのある、常に微笑を浮かべた彼は皆から愛されていました。

が、私は、谷底に身を投げて自らの命を放擲《ほうてき》したとしても不思議ではないような臆病さを、彼があの微笑の陰に隠し持っていたことを想い出しました。彼の双眸《そうぼう》はいつも不可解な不安の色に満たされていました。皆から愛されていることにすら、彼は戸惑いと恐れを抱いているように思われました。

今彼が深淵へと身を投げたのは、見まいとしていた不安の正体を見詰めずにはおれない何かの経緯《いきさつ》があって、その正体を見て恐怖に打たれ、生きる気力を失ったのだと思いました。

私は彼が落下して行った谷底に下りてみて、茫然と立ちすくんでしまいました。見渡せる限りの、どの岩棚の上にも、おびただしい数の若者たちが仰向《あおむ》けになって、胸元にしっかり両手を組み合わせて、死んでいるのでした。

余りにその数が多いので、彼らは死んでいるのではなく、眠っているのではないかとさえ思われました。しかし、彼らの目も唇も一様に堅く閉ざされており、見た限りでは、生命の宿っているどんな兆《きざ》しもありませんでした。

谷底はゆるやかな傾斜をなして、ずっと奥の方へと続いていました。そしてその斜面には無数の娘たちが且《か》つは佇み、且《か》つは座ったままで、真っ直ぐに一定の方向を見守っているのでした。

彼女らのどの顔も蒼白でした。一点に注がれた眼差《まなざ》しは、何かを無心に待ち受けているかのようでもあり、あるいは、今では永久に去ってしまった貴重な何ものかを呆然と見送っているかのようにも思われました。

奇妙なのは、男たちが何の生命の徴《しるし》も帯びていないのに比べて、娘たちはとにかく、まだ生きているということでした。私は、彼女たちが見詰めている方向に視線を移しました。すると、ずっと彼方の山際《やまぎわ》がぼっと白く霞《かす》んで来ました。

（夜が明けるんだな）と思いました。そして、目を覚ましました。

二

前夜から降りだした雪は、まだ勢いを弱めていませんでした。もう十センチ以上も積もっていました。古ぼけて、質屋からも引取りを拒まれた置時計が、律儀に時を刻み続けて、九時半を指していました。もっともらしい音を立てながらも、この古時計は、確かな足取りの時の歩みについていくことができずに、数日で三十分も遅れてしまうので、実際の時刻は午前十時でした。

九時半だろうが十時だろうが、どうせ今日は降雪という不可抗力によって、仕事に出かけることはできないのだから、構うこっちゃないと思いました。しかし、眼前に長々と横たわる白一色の時間を何もせずに空しく過ごすことはとても耐え難い気がしました。

（仕事に行こう）と咄嗟《とっさ》に思いました。もちろん、この時刻に出かけたところで、日雇い仕事があるはずがありません。

雨や雪にたたられない平常の日々でさえ、八時になると、仕事にありついた者も、あぶれた者も、まるで言い合わせたかのように、人夫の「溜《た》まり場《ば》」から姿を消してしまうのが常なのです。

しかし、この雪で仕事にありつけず、食い詰めた連中を当て込んで、契約仕事の人手《ひとで》を集めるために、手配師の二、三人も、まだ「溜まり場」にたむろしているように思われました。契約というのは、一日働いて、その日に日当をもらう日雇い仕事ではなく、一週間なり、半月、一ヶ月なり、工事現場や人夫宿舎に泊り込んで、契約日数だけ働いて、まとめて賃金を貰う仕事です。

契約を終えて、何がしかの金を手にして、いそいそと帰っていく者を、まだ満期までに日があって、居残って働かなければならない者たちは羨ましげに、しかし、にこやかに「おつとめ、御苦労さんでした」と威勢よく声をかけて送り出すのが常です。まるで、刑期を勤め上げて、放免された徒刑囚《とけいしゅう》を送り出すにも似た光景です。

実際、金もなく、決して清潔とは言えない、海の物だか山の物だか知れたものではない、猫かぶりの人夫どもがたむろする工事現場や宿舎で、契約日数が終わるまで黙々と働く以外にない労務者には、刑務所暮らしの覚悟と忍従が必要です。その日のパン代がある限り、自ら進んで契約仕事に出かける人夫などというものは、百人に一人もいやしないのです。誰もがそれほどまでに自由の身であることを熱望し、自由を束縛される契約仕事は、獄舎に送り込まれるのと同様の恐怖と嫌悪を日雇い人夫どもに与えるのです。

しかし、今や今日のパン代にも事欠く私にとって、とにかく生き延びるには、契約仕事だろうと何だろうと、仕事にありつくことが焦眉《しょうび》の急務でした。

私は作業衣を手提げ袋に入れて、部屋を出ました。

喫茶店ボンの前では、カコが、降りしきる雪の中で傘もささず、合羽《カッパ》も羽織らず、黒いセーターに雪が落ちかかるに任せて、何ともおぼつかない腰つきで、入り口の雪をスコップで脇の方へ掻《か》き寄せていました。午後五時から、閉店の十一時までが彼女の勤務時間であるはずなのに、こんなに早朝から出て来て働いているのは、卒業式を間近に控えて、もう学校に通う必要はなくなったからでしょうか。

どの道、私がこれから一週間なり、十日なり、自分でも行く先の定かでない工事現場に泊り込みで出かけている間に、カコは卒業して、もう店にはいなくなってしまうのだと考えると、彼女に声をかけるのが空《むな》しく思えてきました。

「お早う」私の姿を見て、カコはぐっと腰を伸ばして、元気よく声をかけました。私は無言のまま、思い切りの悪い微笑で応じただけでした。

「寒いわねえ……」彼女は首をすくめました。

「朝、眼を覚ましたら、すっごい雪でびっくりしたわ。でも、たまにゃ雪もいいものよね。何だか心がはずんで、グッド・モーニング・ザ・ワールドって叫び出したい気分だったわ」

カコの溌剌《はつらつ》とした声を聞いていると、私の心もいくらか浮き立ってきました。

「今朝《けさ》はまた、こんなに早く出て来て、全体どうした訳だい?」

「だって、今日は日曜日よ」

「そうだったっけ……」

「うちでぶらぶらしててもつまんないから、そいで出てきたのよ。働けば、ちゃんとお金もらえるもん。安いけどね」

安いけどね、の一言《ひとこと》だけは声をひそめて言い、店の方を見て、カコはぺろりと舌を出しました。

「中へ入ったら? いま店あけたばかりで、まだ暖まってないけど、ストーブついてるわよ」

「言われるまでもなく入りたいところだが、あいにく用事があるんでね」

するとき、彼女は作業衣の入った袋に目を移しました。

「お仕事？」

「ああ」

「そいじゃ、帰りに寄りなさいよ」

「寄りたいのは山々だけど、十日ぐらいボンともおさらばだ。カコ、卒業式はいつだい？」

「もうすぐ。今日でボンもおしまいよ。あたし、今日でやめるの」

「元気でな」

彼女は三分咲きの桜みたいな、妙に半端《はんぱ》な笑いを浮かべました。横断歩道橋を渡って、道路の向こう側から振り返ると、カコはスコップに両手をあずけたまま、じっとこちらを見ていました。

三

新宿百人町の日雇い労働者の「溜まり場」には、思った通り人影はありませんでした。が、ずっと奥の方の「公園内で、飲酒や、寝泊りしたり、焚き火をしてはいけません。新宿区」という掲示板の立った、その真ん前で、五人の男たちが、家屋の廃材とおぼしき物を燃やしながら暖をとっていました。そのうちの二人を私は見知っていました。

「いよう……」

知り合いのうちの、真っ黒い歯をしたのが声を上げました。名前は知りません。ある日どこかの現場で一緒に働いて、仕事が終わればすぐに別れてしまうので、お互いの名前など知る必要はないのでした。

「珍しいな……」

彼は私を左見右見《とみこうみ》しながら、冷やかすように言いました。

「よりによって、雪の日に御参上とはな」

「まいったよ……」

雪でずぶ濡れで寒いので、火のそばに近寄りながら私は言いました。

「何か仕事ないかい?」

「へへ、おめえ、寝ぼけてちゃいけねえよ。第一、一年のうちで一番仕事の少ないこの時期に、この大雪とくりゃ、おめえ、鬼と閻魔《えんま》がつるんで地獄の底へ降りて来たようなもんよ。暖かく、仕事のあるうちに蟻んこみたいにせっせと働かずに、のらくら過ごしてた甲《か》斐性《いしょう》なしどもが、今頃になってひーひー音《ね》を上げたところでどうなるもんかよ」

「誰が音を上げるだって？」

平べったい顔をしたのが嘲《あざけ》っているのか、腹を立てているのか分からない声を上げました。

「音を上げてるのはそっちじゃねえか。交番のお巡りに、百円貸してくれって泣きついたなあ、どこのどいつだ。馬鹿みっともねえ」

すると、この「溜まり場」で初めて見る、ひょろ長い顔をした男が「ひひ……」と笑い声を上げました。輪郭そのものは長く、細っそりと通常の形を保っていながら、目も、鼻も、口もその輪郭からはみ出しそうなほどに異常に大きくて、均整を欠いた、何とも奇妙な顔立ちです。

「わしゃ……」

彼は涎《よだれ》の落ちそうな、締りのない唇をだらりと広げました。

「競輪でいかれてもうて、きれいなおけら虫や。あかんな、あかんわ。どうしょうもない。のらくらしとったらあかん。大将……」

彼は薄笑いを浮かべながら私の方を向き、両手で自転車のペダルをこぐ格好をしました。

「どうでした、きんのうの京王閣の六レース?」

「どうと聞かれても、返事に困るね。俺はギャンブルはやらねえんだ。それにしても、あんた、余り見かけない顔だな」

「つい先《せん》だって、大阪から出てきたばかりですよってにな。西成《にしなり》ですわ」

「つまり、釜ヶ崎だな」

「釜ヶ崎だす」

「今、大阪は景気がいいはずだろう?」

黒歯が、探るような目付きで釜ヶ崎の男を見ながら口を挟みました。

「何ぼ景気がようても、バクチやっとったらあかんわ」

「バクチでもやらねえことにゃ、金かせぐ意味も張り合いもねえじゃねえか……」

と、顔見知りの、もう一人の男が言いました。

彼は、汚いタオルでねじり鉢巻きをしていました。大ていの日雇い労働者というものは、二日に一度、あるいは三日に一度くらい「溜まり場」にいやいやながら出て来て、いやいやながら仕事に行くのが常であるのに、この男は仕事に出かけようと出かけまいと、降ろうが照ろうが、とにかく一日に一度は「溜まり場」へ姿を現さないと気が済まないのでした。

「そらそうや、ひひ……」

釜ヶ崎の男は、すぐさま相槌《あいづち》を打ちました。

「銭《ぜに》がのうなると、こらあかん、バクチやめなあかん思うのんやけど、何の、ちっとばかし泡銭《あぶくぜに》つかめば、先《せん》に電車賃まではたいてもうて、二十キロも、とぼとぼ落武者みたいに肩落として歩いて帰った惨《みじ》めさのことなどけろりと忘れてもうて、またぞろ競輪場へとツバメみたいに一直線や。地の底へ潜《もぐ》り込みたいよな後悔も、聖者みたいなもっともらしい反省も、ここが正念場の瀬戸際《せとぎわ》で、結局何の役にも立ちよらん。よう飽きもせんと、性懲《しょうこ》りもなく、同じ馬鹿を何度も何度も繰り返せるもんですな。わしらの性格、どないになってますねんやろな。ほんま、むちゃくちゃですわ……。それにしても、えらい寒《さむ》うおますな。腹が減るとなおのこっちゃ」

「何でこの仕事の少ない時期に……」私は尋ねました。「わざわざ東京へ出てきたんだい？」

「それが大将……」彼はその話をしたくてうずうずしていたとでも言わぬばかりの顔で、すぐさま答えました。

「相棒《あいぼう》がな、相棒ゆうたかて、万博の工事現場で二、三日働いて一緒やったんやけど、そいつが、東京へ行けば、一日に五、六千円の仕事がくさるほどあるさかい、どや、一緒に行かんかい、言うから、ほれでくっ付いて来たんですわ」

「へっへっへっへ……」ねじり鉢巻きが、小馬鹿にしたような笑い声を上げました。

「五、六千円の仕事がくさるほどあるだって？　そりゃおめえ、オリンピック会場の仕事があったころのことだ。昔話だよ。夢物語だよ。あんないいことなんか、もう二度とあるもんじゃねえ。お前はまんまと一杯食わされたんだ」

「ひひ、大将、その通りですわ。図星《ずぼし》です。わしがあんた、相棒の電車賃から、食事代から何もかも払うてやって、いざ東京へ来てみると、どうです、一日に二千円ぽちぽちの、しょうのない仕事ばかりやおまへんか。あほらしいて、話にも何にもならん」

ねじり鉢巻きは義憤に駆られて、声を荒げました。

「その相棒ってのはどうしたい。人をだまくらかしやがって、太《ふて》え野郎だ。焼きを入れてやるから、面《つら》あ教えろ」

「ところが、もう入っていますわ、ブタ箱へね。わしゃ、あかん、やめなはれ、言うて何べんも止めたんやけど、どうしてもやる言うてきかんよってからに……罰《ばち》が当たったんや」

「何やらかしやがったんだい？」

「当たり屋でんがな。えらいごっつい靴はいて、車に乗られてもびくともせんように細工して、渋谷の路上でぶち当たったんですわ。ひひ、その車運転してたのんが大将、えらい別嬪《べっぴん》さんで、それも一人やったんです。こら、しめた、うまいことといた、いただきや思うたら、そいつが、いきなり鬼婆《おにばば》あみたいに血相変えて、ぶつかって来たのはそっちや、警察へ行こう言うて騒ぎ出しよりました。人は集まって来るわ、女は狂うたみたいに叫ぶわ、そのうち、頼みもせんのにお巡りが飛んで来よりました。ほして、靴の仕掛けがばれてもうて、あっさり御用ですわ」

「おめえは疫病神《やくびょうがみ》にとっつかれてるんだ。せいぜい気をつけたがいいぜ」

「それにしても、こないなしけた日は、留置場の方が何ぼかましでんな。何しろ食いっぱぐれがのうて、こんな広っぱで、ぶるぶる捨て猫みたいに震えているより、よっぽどあったこうおますよってに。留置場は日本国経営で、政府が面倒みてくれはるわけやさかいに、心強い限りですわ」

するとと、今まで無言のままに、じっと燃え上がる炎に見入っていた、ニッカズボンをはいたのが、突然声を上げました。

「いくら食いっぱぐれがなくても、寒くても、やっぱり娑婆《しゃば》がいいさ。大体おめえ、お上の世話になろうなんて料簡《りょうけん》がみみっちいぜ。何の世話にも、誰の厄介《やっかい》にもなりたくねえからこそ、俺たちゃこうやって、日雇い労働者稼業をやってるんじゃねえか。雪は一ヶ月も一年も降り続きやしねえ。ム所は御免だ、ぞっとすらあ」

「それにしても、えらい降りますな。どないにかならんのかいな、まったく。明日も雪やまなんだら、わし、掻っ払いでもやるつもりですわ。焼けくそです。どないにでもなれって気いです。大阪へ帰るにしても、金がないじゃあかんしな……。火い、えらい心細う燃えてまんな。せや、あそこの角のパン屋の横に、パン入れる箱が積んであるのん、あれ燃やしてまお」

言うなり、彼は広場の入り口にある、固くシャッターを閉ざしたパン屋の方へ大股に歩いて行きました。

入れ代わりに、一人の男が近付いて来ました。身なり、物腰ですぐに手配師だということが分かりました。皆は無言のままに、胡散臭《うさんくさ》げに彼を見回しました。

「雪見とは……」手配師は、ズボンのポケットに両手を突っ込んだまま、私に笑いかけました。

「ずいぶんしゃれてるじゃねえか」

「酒も肴《さかな》もないがね」

「どうだい、契約仕事があるぜ。兄い、行かねえかい」

「いくらだい?」火を棒切れで掻き混ぜながら、黒歯がぶっきら棒に訊ねました。

「抜きの一・五だ」

これは、食事の他に一日に千五百円の日当が貰えるという意味です。

「へへ……」黒歯が吐き出すような声を上げました。彼は手配師の顔は見ずに、相変わらず火をいじくっていました。

「笑わせちゃいけねえぜ。いま時分、一・五なんてチンケなとこなんぞありゃしねえ。どこでも最低二枚だ」

「ちっとばかり単価が良くても、働いて、金もらえねえんじゃ何にもならねえぜ。うちは勘定は固いぞ」

「いま時、働くだけ働かせて、金払わねえなんて、そんなふざけた親方なんざいやしねえよ」なおもしつっこく黒歯は言い張りました。

この男はやる気はないと見たか、手配師は彼から目をそむけて、私の方を向き直りました。

「どうだい、兄い、行かねえかい」

「何日契約だい？」

「一ヶ月」

「現場は？」

「千葉の姉ヶ崎」

「うへっ……」今度は、ねじり鉢巻きが叫びました。

「姉ヶ崎と来たぜ。あそこいらの現場だったら吹きっさらしの、海っぷちだろ？」

「俺は……」手配師の言葉は、急に歯切れが悪くなりました。

「現場を見たわけじゃねえから、よくは知らねえけんどもよ」

「見なくったたって。分かってらあな。寒くて、震え上がっちまわあ。俺も先月、袖ヶ浦へ行ってきたばかりだ。こんなに寒いんじゃ金はいらねえって気になって、ひと月契約のところを三日ばかし働いて、とんずらして来たよ」

「この雪はおいそれとはやまねえぜ。やんでも、融けるまでにゃ二、三日はかかるぜ。雪ってやつあ、屋外作業者にとっちゃ、雨より始末が悪いんだ。ここでとぐろ巻いてたって、当分仕事はねえぜ」

「俺たちゃ仕事探しに来たんじゃねえ。雪見してるんだ。なあ、兄弟」

ねじり鉢巻きがいまいましげに言い放って、同調を強いるかのように、じっと私を見ました。

「酒も肴もなしでかい」手配師が挑みかかるように、にたりと笑いました。

「おーい……」釜ヶ崎の男が、何やら箱を小脇に抱えて、笑みで顔を半分にして、一目散に駆けて来ました。

「ひひ……当たったがな、ずばり的中やがな……」

彼はばさりと、パンを入れる木箱を二個、火の前に放り出しました。下段の箱からパンが数個、勢いよく飛び出しました。

「ひひ……」彼は一体いくつ入っているか分からない、下の方の箱を皆の前に誇らしげに引っ張り出しました。

「四ん五んのカブや。すんなりや。あすこの前通るとき、パンの匂いがするさかい、こらまだ中に入っとるなとにらんどったんやけど、案の定や。ああ、うま……。遠慮せんと、皆さんも食べはったらどないです」

「おめえ、今にばれるぞ……」ニッカズボンが、パンを横目でじろじろ見ながら、気遣《きづか》わしげに言いました。

「けちなことやらかして、食らい込んだんじゃ合わねえよ」

しかし、釜ヶ崎はそんな言葉に何の危惧も感じないらしく、済まし込んでパンを食べ続けました。

「大将、こら売れ残りのパンですがな。こないなもの盗んだかて、罪のうちに入らしません。売れ残りのパン、どないにする思います？　捨てるか、焼却処分にするんです。わし、前にパン工場の改築工事に通うたことがあるよってに、そこいらのところはようわきまえとるんです。どうせ捨ててまうんやったら、こないな困ってる人間の腹におさまった方が、何ぼかパンの供養《くよう》になる。それでこそ、この世にパンとして生まれたほんまの甲斐もあるってもんや。ああ、うま」

「いくら売れ残りでも、盗みは盗みだ」ニッカズボンが、なおも頑強に言い張りました。

「ごちゃごちゃ言わんと、食べはったらどないです。自分の分まで食われてもうて、あとで腹立てたかて、わし知らんよってに。どうです？」

彼は、手配師にもパンを差し出しました。実際、釜ヶ崎が、がつがつ頰張《ほおば》る様を見ていると、一人で全部でも平らげかねない勢いなので、皆も意地も張りも投げ捨てて、我れ先にと手を出しました。空《から》になった箱は、そのまま丸ごと燃やしてしまいました。

「どうだい……」手配師は、釜ヶ崎に声をかけました。

「あんた、仕事に行かねえかい」

するると彼はパンで口をいっぱいにして、ぎょろりと手配師を見詰めました。双眸《そうぼう》に初め驚きの色が浮かび、やがてそれはすぐさま、日雇い人特有の警戒と期待の交錯した輝きへと変わりました。

「仕事？　行きます。どこでも行きます。何でもやります。よろしゅう頼んます。で、どこですねん、現場は？」

「千葉だってよ」ねじり鉢巻きが鼻を鳴らして、手配師の代わりに答えました。

「千葉？」

「姉ヶ崎だってよ」

「はあ、聞いたことおまへんな。もっとも、東京へ出て来て半月そこいらやよってに、何がどこにあるのか、ちんぷんかんぷんだすけどな。でも、どこかてかめへん。わし、働いた金で大阪へ帰ります。東京はあかん。何とのう虫が好かん……。それで、皆さんも姉ヶ崎とやらにおいでになるんで？」

　すると、皆は黙ったまま苦笑しました。

「何でっか、わし一人？　えらい、淋しいおまんな。ほな、わしもやめた。一人じゃ、心細うてかなんわ。ほんま、誰も行かはらしませんのでっか？　はあ、この雪の降るのに、どないしやはるお積りでっか？　な、大将……」彼は私に不安な顔を向けました。

「ほんま、どないする気です？　こないな所にいつまでも、もやっと突っ立ってたかて金にはなりませんで。で、兄《あん》さん……」

　今度は手配師に向かって、

「なんぼです？」

「抜きの一・五」

「抜きの一・五……へえ、一・五ねえ。こらちっとばかし考えなあきまへんな。ええと一・五で十日働いて一万五千円、二十日で三万円と……。で、何日契約です？」

「一ヶ月」

「ひと月？　あかん、そら長過ぎる。無茶ですわ。二十日ぐらいじゃあかんのでっか？」

「向こうに親方が来てるよ。相談してみるといい」

「二十日ぐらいなら、何とか気張って辛抱できんこともないけど、ひと月となると……」

「俺も行くよ」

突然、働きたい衝動に駆られて私は声を上げました。

釜ヶ崎の顔がぱっと輝きました。

「わあ、ほんまでっか。頼りになれそな人が一緒やとわしも心強いわ。わし、何も知りませんよってに、よろしゅうご指導のほどお願いします。さあ、ほな行きまひょか。こない な所で、ぐずぐずオダ上げとったかて一銭にもならん」

結局、釜ヶ崎から来た男と私二人だけが寒くて、金はいらないと逃げ出したくなるほどの姉ヶ崎へ行くことになりました。

しかし、私は働かなければどうにもならない極限状態で仕事に出かけるので、どんな悪条件の現場に出かけても、逃げ出さずに契約日数を務め上げるだけの心構えはできています。

四

広場の裏側に一台のライトバンが待っていました。手配師は拳《こぶし》で軽くフロントガラスを叩いて、中でエンジンを掛けっぱなしにして、うたた寝をしている二人の男を起こしました。ハンドルにもたれているのが運転手で、助手席にのけぞるようにして座っている坊主頭の男が、手配師の言う親方でしょう。

「親っさん……」ドア越しに、手配師が親方に呼びかけました。

「この二人が行ってくれるってよ」

釜ヶ崎と私にちらりと一瞥《いちべつ》をくれると、親方はすぐに手配師に目を移しました。

「二人だけかい。もっとほかにいねえのかい」

「いやしねえよ。何しろこの雪じゃな……。この二人だって、さんざっぱら苦労して見つけたんだぜ」

「まあいいや……」親方はぎゅっと上体をひねって、後部座席のドアを開けました。

「さあ、乗ってくれ」手配師が、私たちを背後から車内に押し込みました。

「とりあえず、もう三人ばかり見つけといてくれ……」親方が、外に佇んでいる手配師に言いました。

「なるだけ早くな。集まり次第、迎えをよこすから」

「分かったよ、親っさん……」それから手配師は、きまり悪そうに付け加えました。

「で、ちっとばかし、これねえかい」彼は人差し指と親指で作った輪を、親方の前に突き出しました。

「一杯引っかけねえことにゃ、寒くて、仕事にも何にもなりゃしねえ」

親方はズボンの後ろポケットから財布を抜き出し、中から千円札を五枚選んで、手配師に渡しました。

運転手がギアを入れ、車は動き出しました。

「まったく、よく降るな。こんなに降るのは珍しいんじゃねえか」

親方が野太い声を張り上げて、誰にともなく言いました。

年中、人夫どもを怒鳴りつけているためか、あるいは高所、凹地《くぼち》の作業者との通話のためか、大抵の親方の声は太くて、よく通るのが常です。

「ほんま、よう降りますな……」釜ヶ崎がすぐさま応じました。

彼は無関心、空とぼけということを知らない男でした。話しかけられれば、それなりの愛想、反応は必ず見せるのでした。

「親方さんに使ってもらわなんだら、どないもこないも仕様がないとこでしたわ」

愛想良しの欠点を、早くも釜ヶ崎は暴露しました。つまり、喋《しゃべ》り過ぎです。

（この馬鹿野郎め、余計なことを抜かしやがる）と、私は腹の中で舌打ちしました。（そんなに有り難そうな言葉を並べると、足許を見すかされて、どんな無理難題を吹っかけられないとも限らないんだぞ。働かなくても困りゃしないんだが、遊んでいるのも退屈だから仕事に来たんだぐらいの虚勢を張った方が小馬鹿にされずにすむんだ。このとうしろうめが！）

「日ごろ、真面目《まじめ》に働いとかないから、いざとなって泡を吹くんだ……」

親方が叱りつけるように言いました。

「ひひ、親方さん、ほんま、おっしゃる通りですわ……」

釜ヶ崎が性懲りもなく続けました。

「競輪ですってもうて、この有様ですわ。わしはすかたんやよってに、どないにしても金貯めるゆうことができまへんのや……。それにしても、きんのは惜しいことしましたな。ほら、京王閣の最終レースですがな。二―四で決まりと歓び勇んだその瞬間に、Kの阿呆《あほ》がばっとまくって来よってからに二―三や。あいつが来なんだら、今ごろ左団扇《うちわ》でドンちゃん騒ぎやってるとこやのにな。ほんま、くそいまいましい餓っ鬼や。世の中、なかなか思うた通りには行きまへんな」

「お前、競輪好きなのかい?」雪の中をおぼつかないハンドルさばきで走ってくる対向車を用心深く睨みつけながらも、親方は釜ヶ崎の話に並々ならぬ関心を持ったようでした。

「好き? 好きなんてもんやおまへん……」

海の物とも山の物とも知れぬ、初対面の親方に対する何の警戒心も気後《きおく》れも見せず、釜ヶ崎は得々と喋り立てました。

「わしは、競輪のために家、屋敷つぶしてもうた男ですさかいにな」

「家、屋敷つぶしただって?」親方が驚いたように後ろを振り向きました。

「お前にそんなものがあるのかい?」

「生まれつきの日雇い労働者なんているもんとちゃいます」

「そりゃそうだ」

「家もあれば屋敷もある。女房もいれば、子供もおる。地位に名誉に金もある。そないないっぱしの人間が妙な風の吹き回しで、何もかも失《の》うしてもうて、それでも、生きる力はしぶとく持っとって、日雇い人になる……こないなことはちっとも珍しいこととちゃいます」

「言われてみればその通りだ。俺にも思い当たる節がある。去年まで俺んとこへいたM、ありゃ仙台かどっかで大きな電化製品の問屋をやってたのが不渡り手形を摑まされたのが命取り、とぼやいていたっけが……。それにしてもお前、年はいくつだ?」

「三十だす」

「三十で家、屋敷つぶしちまったのかい」

「それに、商売もです。ひひ、わしが何もかもつぶしてもうたんです」

「身代つぶして、笑い事じゃねえだろう」

「ひひ、おかしゅうおます」

「結婚したことはあるのかい?」

「あります」

「子供は?」

「一人」

「で、どうしてるんだい女房、子供は?」

「何も心配いらんのだす」

「心配ねえってこたあねえだろう。それとも、向こうで甲斐性無しのお前に愛想をつかして叩き出したか……。そんならお前が心配することはないわな」

「へえ、ほんま、何も心配いらんのだす」

「ちゃんと生活してるのかい？」

「ちゃんと？　ごらんの通りの無様な瘋癲《ふうてん》でんがな、わしは……」

「お前じゃない。家、屋敷つぶされたお前の女房、子供だ」

「何も心配おまへん。もうこの世にいてませんよってに」

「この世にいない？」親方はきっとなって、目をむきました。

「死んだのか？」

「死にました」

「二人ともか？」

「二人ともだす」

「どっちが先に死んだんだ」

「さあ、どっちでっしゃろな。何しろ、見とらしませなんだよってに」

「お前が見てなかった？　一体、何で死んだんだ？」

「自殺です。線路に飛び込みよりましてん。いちころですわ」

「いちころって……。おめえ、死んだのは犬、猫じゃなくて、自分の女房、子供だろ」

「そうだす」

「そうだす？　まるで他人事《ひとごと》みたいにあっさりと抜かしやがる。何で死んだんだ」

「だから今言うた通り、自殺でんがな。列車に飛び込んで死んだんですわ」

「それは分かってる。つまり亭主に身上《しんしょう》つぶされて、それが悔しくて死んだのだな？」

「まあ、そういうとこですわ」

「お前はとんでもない悪党だ。男の風上にも置けないろくでなしだ」

「ひひ、親方さん、わしもつくづくそう思います」

「いつ死んだんだ？」

「誰がです？」

「誰がですじゃない。お前の子供やかかあはいつ死んだんだ？」

「ああ、かかあと餓鬼ですか……、何せ、次々といろんな人間が逝《い》てまいよってからに、ごちゃごちゃになってもうて……。さあ、いつでっしゃろな。もう三年も前になりますやろか……」

「まったくお前らと来た日にゃ、てめえのかかあの命日もそんなに頭をひねくらなくちゃ思い出せないのかい。お前らは屑だよ、人間の屑だよ。あの溜まり場にゃ、お前たちと似たり寄ったりの人でなしどもっきゃいやしねえんだからな。まったく、あいつらどもと来た日にゃ、これが人間のやることかと目をむかずにおれないことを臆面もなくやってのける連中ばかりなんだからな。この前は競馬の元手を手に入れるのに先祖代々の墓を売っ払っちまったたって奴までいやがった。おいお前……」

親方は、今や善人の代表者とでも言わぬばかりの義憤に駆られた顔で、ぐっと私を睨みつけました。

「お前も親泣かせ、兄弟泣かせの口か?」

「ああ、多分……」

「どいつもこいつもなんて奴らどもだ。お前らは女で言えばパンパンだよ。売女《ばいた》だ、虫けらだ。たった一個の握り飯、一本の煙草のために身も心も売り渡そうって奴らだ」

「ひひ……」釜ヶ崎が笑い声をあげました。

「親方さん、うまいこと言やはるわ。わしらがパンパンやて」

私も今までにずいぶんいろんな悪態を浴びせかけられた経験がありますが、パンパンと言われたのは、これが初めてでした。思わず笑いがこみ上げて来ました。

現今ではもう存在しないはずの、はるか昔のパンパンなる女どもの前で、もう一度、こ

ようか？

そうすれば、私たちは彼女たちと同種族の人間として、確かな共感で固く結びつけたでしの頼もしい正義漢の親方に、お前らは売女だ、と毒づいてもらいたいものだと思いました。

それはともかく、およそ人を人とも思わぬ横暴であこぎな親方が少なくないこの世界で、悪党どもに対し、頭から湯気を立てんばかりにして怒り狂っている善良な親方にめぐり会うとは、何とも喜ばしい限りでした。

雪は弱まりはしたものの、相変わらず降り続いていました。大方の車は、タイヤにチェーンを巻いて、がちゃつかせながら走っていました。チェーンを装着していない車両は、轍《わだち》からはみ出さないように慎重に走っていました。

親方は煙草を取り出すと、火を点《つ》け、釜ヶ崎にも私にもそれぞれ一本ずつ勧めました。

「おめえ……」しきりと煙を吐き出しながら、再び親方は釜ヶ崎に語りかけました。

「この道に入るまで、何やってたい？」

「わしでっか？」少しもくたびれた様子も、うんざりした気配も見せず、ほとんど情熱的な意気込みすら漲《みなぎ》らせて釜ヶ崎は答えました。

「豆腐屋ですわ。わしに豆腐作らしてみなはれ、そらうまいもんですわ」

「おめえも馬鹿な男よな。バクチやるなとは言わねえけど、ほどほどにやってりゃ、これほど落ちぶれずにすんだものをよ。けじめってものを弁《わきま》えねえと、人間、お前らみたいに世の落伍者、敗残者になるんだ。いったん度を越すと、しまったと思ったときゃ、後の祭りよ……。今じゃ、つまらねえことしたと後悔してるだろうが」

「後悔？　わしがですか？　ちっともそないなもんしてません」

「ここまで堕落すりゃ、人間もうしまいだな。そのうち、野たれ死にってとこが相場だ。それが、お前ら方図《ほうず》のねえ馬鹿者どもの狂いのねえ行く末、運命さ」

「わしも、ろくな死に方しかせえへんやろと思うてますわ」

「競輪がそんなに面白《おもし》れえかい。そりゃ千円の金があっという間に何万、何十万の金に化けちまうってこともあるんだから、まあその楽しさが分からねえでもねえさ。だが、バクチやって、蔵建てた奴なんざいやしねえ」

「わし思いますねんけど、蔵建てるつもりなら、バクチなんぞに金輪際《こんりんざい》手え出さんことですわ」

「それが分かってて、どうして手なんぞ出したんだ」

「ひひ、それは、わしが阿呆やからですわ」

「今、現在のお前が救いようのねえ阿呆だってことはよく分かる。分からねえのは、全体どうしたからくりで、一人の人間がこんな浅ましい、恥知らずの罰当たりになったかってことだ」

「わし、中学校を出るとすぐ、豆腐屋へ丁稚《でっち》に行かされたんですわ。わしは小さい時分から、えらい小心者でした。そんな顔してますやろ、わしの顔。間が抜けてて、気が弱おうて、ぐずで、頼りがのうて……。豆腐屋の親っさんがわしとは正反対の人で、ごっつい体格で、えらい短気者でしたよってに、わしは親っさんの気に触らんように、ネズミみたいにくるくる働きました。もちろんバクチのバの字も知らんと、夢中で働きました。わしが二十四歳のとき、親っさんが脳梗塞で、ころりと死なはりました。奥さんと一人娘があとに残されて、翌年の秋に、わしは二十一になるその娘と結婚することになりました。結婚して半年後に、今度は奥さんが逝かはりました。親っさんからぼろくそに怒鳴られ、追い回されて覚えた仕事のおかげで、従前どおりに商売を続けて行くのに何の障《さわ》りもおませなんだ。その翌《あ》くる年に、隣の呉服屋の若旦那はんが、東京の大学を卒業して、帰って来やはりました。これが絵に描いたような、惚れ惚れするような美男子でした。四年で卒業するところを、さんざんっぱら遊び回ったお陰で、六年かかって卒業しやはったんですわ。

わしの女房とは幼馴染《おさななじみ》で、時々店の前で、二人で何やら知らん楽しげに話しているのんを見ると、わしは急にそら恐ろしくなって来ました。毎日、映画俳優みたいな男前の若旦那を見ているうちに、わしは自分の顔の不細工さと、女房の器量の良いのんが、改めて深刻に思い直されて来たんです。きっと女房は若旦那とええ仲になるぞ、ならんはずがない、なるべきだ、と思うようになってから、わしはバクチに手え出すようになったんです」

「何ともはや、情けねえ宿六だな……」親方の声は急に呆《あき》れ果て、気抜けしたような響きに変わりました。

「それで、どうなった?」

「どないもこないもあらしまへん。女房は死によるし、わしはこうやって宿無しの瘋癲になってしまいました」

「お前が案じた通り、女房と色男の若旦那は恋仲になったのかい?」

「いいや、全然……」

「そんなら、何もやけなど起こさなくったってよさそうなもんじゃねえか。だらしのねえ……」

「おっしゃる通りです。でも、わしは女房が、いや、自分自身が信用でけんかったんですわ。わしは女房と若旦那がええ仲にならなんだのが不思議でなりまへんのや。今でも不思議ですわ」

「まったく、どうしょうもねえな……」親方はじれったそうに肩を揺すぶり、足を踏み鳴らしました。

「お前は女房が好きだったんだろう？」

「もちろん好きでした。何しろ別嬪やったし、気立てもようおました。わしに面と向かって言いよる友達も大勢いました。お前にゃ過ぎた女房やて……」

「それほど好いてるなら、何も大学出たばかりの洟《はな》っ垂《た》れ小僧が現われたくらいで、おたおたすることあねえだろうが。女房に下手なちょっかい出したら、ぶった切るぐらいの向こう意気がなけりゃ、亭主なんてもなあ屁の突っ張りにもなるもんじゃねえ」

「わしが人をぶった切るんですか……滅相《めっそう》もない」

「ちぇっ、ちぇっ……」興奮の余り、親方はがしがしと坊主頭を掻きむしりました。

「おめえも分からねえ奴だな……。まったくお前の話を聞いてると、こっちまで気が変になっちまわあ。で、お前は……つまり、一人で相撲を取ってたわけだ。女房はちゃんと亭主に貞節を尽くしているってのに、お前は自分が意気地がねえばかりに女房を信じ切れなかったんだ。へえ、何ともはや、情けなくて、物言う元気もなくなっちまったい」

「ひひ、わしがバクチ始めたんは、家をあけて、女房が若旦那とええ仲になる機会を作ってやろうと思うたからです。わしは女房に、若旦那とできてもらいたかったんですわ」

「おめえ、気は確かかい……」親方はもう本気でむかっ腹を立てていました。

「好いた女房が他人と深い仲になることを願う、そんな間尺《ましやく》に合わねえ話がどこの世にあるんだ」

「でも、わしは本気でそれを願いました。わしは競輪に夢中になりました。なかなか女房が若旦那とええ仲にならんので、早ようできてまえと思いながら、わしは毎日せっせと競輪場へ通うたんです。仕事は怠けるし、だんだん家の物は少のうなって来るしで、身ぐるみ剝《は》がれて帰るたんびに、女房はわめき立てるやら、泣くやら、むしゃぶりつくやらしたもんでした。女房が度を失って、わしを責め立てればたてるほど、わしは無性にうれしおました。若旦那ともうできてるんなら、わしに少しは疚《やま》しさを感じて、隣り近所をはばからずに大声でわめきへんやろから、わしは女房が騒ぐたんびに、ほんまにわしのもんや思うて涙流したもんです」

「それなら何も家の物まで持ち出して、バクチにつぎ込むこたあねえだろうが。安心して、精出して働けば、それで、めでたし、めでたし、お家安泰、バンザイ三唱じゃねえか」

「ところが、女房が大声でわめけばわめくほど、わしはこの騒ぎがいつやむか、女房がわしに愛想づかしをして、いつ若旦那とくっつくか、それを見たれって気いになったんです。それで、わしは女房の知らん間に家、屋敷を抵当に入れて、それで競輪に通いました」

「貴様は気が変なんだ。狂ってるんだ。男の……人間の面汚《つらよご》しだ。貴様、そこへ直《なお》れ。手打ちにしてくれる。貴様のその薄汚い素っ首切り落として、犬に食わせてやる。それで、それでどうなった」

「もう豆腐も作らんと、わしは競輪にのめり込みました、百万儲《もう》かるか、十万損するかと車券握りしめてわいわいやってると、何もかもすっかり忘れ果ててしまいました。そのうち、とうとう来るもんがきました。金を使い果たしてもうたんです。何もかも失《の》うしてしまったと知ったとき、わしは呆然となりました。えらいことになったと思いました。そして突然、若旦那に金借りようという考えが閃《ひらめ》いたんです。そして若旦那に言いました。金貸してくれるなら、わしの女房、おまはんにくれてやってもええで」

「この人でなしのくたばりぞこないめ。貴様を八つ裂きにしてやる。取り殺してくれる。で、若旦那は何と答えた?」

「ぼく、来年の春、ある女と結婚することになっている。無料《ただ》でも、他人様の女に手え出すなんどはもう真っ平や、とこうです。何でも若旦那、東京の学生時代に、人の女に手を出して、それが遊び人の女で、男から切るの突くのとさんざんに脅かされて、えらい金踏んだくられたんやそうです。若旦那ににべものう借金を断られて、初めてわしは、もう取り返しはつかんと思いました。するとほんま、若旦那と女房の間には何もなかったんですわ。でも、もう遅すぎました。抵当は切れるし、家は出て行かなあかんし、そのうち、どうやって知れたものか、わしが借金の形《かた》に女房を売り飛ばしたゆう噂が広がりました。それで女房はがっくり来たんです。遺書残して、二歳になる餓鬼抱いて、線路に飛び込みよりました」

「貴様が死ねばよかったんだ。貴様が車輪の下敷きになって、ずたずたに切り刻まれりゃよかったんだ」

「女房でも子供でも、金でも何でもとにかく、わしは持つゆうことに自信が持てんのです。何かを本当に持つについちゃ、何や知らん、わしの力などでは及びもつかん資格ゆうか、能力ゆうんか、何かそないなもんが是が非でもいるように思われてならんのですわ。わしみたいな小心者《もん》は、何かを持つゆうことが恐ろしいてたまらんのです。何もかも失《の》うしたときでないと、ほんまに安心でける日なんて、一日もあらしまへんのです」

車は海岸沿いの幅広い道路を走っていました。降りしきっていた雪は、いつの間にか止んでいました。

「親っさん……」それまで、無言のままにハンドルを握りしめていた運転手が声をあげました。

「今日、ユンボが入るのかい？」

「そのはずだが……」親方は窓の外に目をやりました。

「この雪じゃな」

「でも、ユンボが来ないことにゃ、仕事にならねえだろう」

ユンボや仕事という運転手の言葉に、私は自分が、今から雪中の工事現場に出かけるところだということを改めて実感しました。それが幾分か私の気を滅入らせました。

無一文になって「溜まり場」へ出かけはしたものの、そしてどうにか仕事にありつきはしたものの、こんな冬の最中《さなか》の、こんな雪の日に、房総半島の姉ヶ崎くんだりまで出かけて行って、土方仕事をやらなければならない自分の生き方が、どこか狂っているのではないかと思いました。

が、狂っていようといまいと、生きなければならないこと、そのためには働かなければならないこと、このことだけは、どう自分を言いくるめようと偽ることのできない、単純かつ明白な事実でした。そして、生きるための……食うための骨身に徹する過酷な労働というものがなければ、私のように怠惰で、意志の薄弱な人間は無稽《むけい》な空想や、さかしらな自己欺瞞で、とっくに滅び去ったかもしれないはずの人間です。

ここまで来た以上、くよくよ思い悩んで始まることではありませんでした。契約日数を働きおおせることが、現在の私の唯一の義務でした。

五

車は今や、際限もなく続くように思われる工業地帯に沿って走っていました。必要以外の何物も付与されていない、実用一点張りの、鉄やコンクリートで造られた威容を誇るクレーンや煙突や鉄塔や建物にも、それはそれで、豊かな感興《かんきょう》をそそる美が備わっていました。それらによって何が、どう、どれだけ造り出されようと、どのように用いられようと、ともかく、これらの膨大な構築物を建造したのは人間なのでした。そこには強《したた》かな力がありました。妄想や逡巡、遅滞、怠慢を厳しく拒絶した、鋼《はがね》のように強靱で、繊細さの充溢《じゅういつ》したそれは力でした。

それらを眺めながら走っているうちに、私の中に労働への意欲が静かに、しかし確実に湧き上がってきました。働くことへの物狂おしいほどの発作に駆られて、私はいきなり坊主頭の親方に背後から呼びかけました。

「ユンボが入るって……親っさん、でかい現場なのかい？」

「でけえか、小さいか、そりゃ見方によるな……」親方がわずかに首を傾《かし》げて言いました。

「どっちにしろ、工期がねえんで、急がなくちゃならねえ。それに、ユンボは何も今度の現場だけじゃねえ。これからだって使うんだから。ユンボ一台あるのとねえじゃ、大した違いだ。ちっと無理したが、思い切って買ったのさ」

ユンボ……パワーショベルのことです。以前は人夫たちが汗みずく、土まみれになってスコップやツルハシ、せいぜいベルトコンベヤーを使ってやっていた掘削《くっさく》工事を、今では砲身ならぬ、巨大なバケットを装着した産業戦車が、何十人分の仕事を、何十倍もの速さでやり遂げるのです。

やがて、車は幹線道路をそれて、荒涼と広がる純白の埋立地の中に入りました。ずっと彼方《かなた》に、二階建てのプレハブハウスが一棟だけ、強風にあおられたら倒壊してしまうのではないかと思われるほど、ぽつんと心細げに建っているのが見えました。そこが何ヶ月か後には、石油製品の製造所になるはずの新築現場でした。

一棟だけのプレハブハウスは、労働者たちの宿舎でした。以前は飯場《はんば》と呼んでいました。何かすさんで、陰惨な印象を与える飯場という呼び名に代えて、宿舎という名称が今では一般的になっていました。

呼び方はどう変わろうと、実情は相変わらず昔同様に暗くて、侘《わび》しくて、絶望や諦念や苦渋が色濃く立ち込めていて、やはり飯場には相違ありませんでした。

丸太を打ち込み、その上に分厚い合板ベニヤ板を釘止《くぎど》めしただけのテーブルのある食堂では、五人の男たちが一升瓶を立てて、茶碗酒を飲んでいました。親方が彼らに、新参者の私たち二人を紹介しました。名前を聞かれて、釜ヶ崎の男は西昌三郎と名乗りました。

「皆さん、よろしゅうにお頼み申します」西昌三郎がかしこまって、ぺこりと頭を下げました。

「よろしくお願いします」私も西と一緒になって、頭を下げました。

どんな世界にも、人が群れを成して暮らしているところには一定のしきたり、秩序というものがあって、その中へ入って行く者はへりくだって、必要な挨拶だけはして、受け入れてもらわなければならないのです。

「楽にしな」

世話役（人夫頭《がしら》）と思われる、五十に手の届こうかという、頑健な体軀の、日焼けだか、酒焼けだか分からない赤ら顔の男が、並々と満たされた茶碗酒をぐっと一息にあおって言いました。

「一杯どうだい？」

「わしは酒はあかんのです」

へどもどしながら西昌三郎が、目前に突き出された湯呑み茶碗を両手で制しました。

「俺も駄目です」私も自分のほうに回って来た茶碗を、団扇みたいに右手を振りながら拒みました。

「斗酒《としゅ》なお辞せずって顔してるじゃねえかよ……」世話役が、すでに酔いの回りかけた、とろんとした目でじっと私を見据えました。

「こんなところで遠慮したって始まらんぜ」

遠慮ではありませんでした。本当に飲めないのでした。酒は嫌いなのです。何故かと聞かれれば、酔うのがいやなのだ、何か文句があるか、と言い返す気でいるのですが、しかし、酒を飲まない理由まで問い質《ただ》そうとするものなど滅多にいませんでした。

「お前ら、朝めし食ったのか？」親方が私たちに尋ねました。

「おとといから何も食うてへんのです」

臆面もなく、西昌三郎が答えました。

へんに照れたり、勿体ぶったりせずに、思っていることをずばりと言ってのける……これは何も西昌三郎だけでなく、関西人が等《ひと》し並《なみ》に持っている羨ましくもあれば、時には驚愕もさせられる通性であるように思われます。

それにしても、おとといから何も食うてへんのです、は余りにも正直過ぎました。確かに、二日間何も食べてないのは事実に違いありません。私もおとといから、ほとんど食事らしい食事はしていませんでした。しかしそれをはっきりと告白することには、激しい嫌悪と羞恥を感じました。自分の底知れぬ無能、無力を暴露する以外の何ものでもないように思われたのです。

大方の東京人なら、そんな恥辱を味わうくらいなら、いっそのこと黙って空腹を耐えた方がいいという気になるのです。関西人のあけすけな率直さに舌を巻いて感心しながらも、心のどこかでは、この野郎、とうじうじ反感を募らせる陰湿さが東京住まいの人間にはあるのです。

「そんなこったろうと思った……」西昌三郎の端的な告白は、すぐさま親方の敏速な反応を呼び起こしました。

「メシ食え。腹が減ってちゃ仕事はできねえ。おい、清《せい》ちゃん、何かおかずねえか？」

すると、清ちゃんと呼ばれた四十歳くらいの、まだ眠たそうに目蓋《まぶた》をふくらませた、のんびりした顔立ちの男が、飲みかけた茶碗をテーブルの上に置きました。

実際どんな世界にも、どんなに骨折りに満ちた職場にも、その労苦の影を少しも留めずに、平然と一切を耐え忍んでいる種類の人間が必ず何人かいるものですが、善かれ悪しかれ、この清ちゃんも、その類稀《たぐいまれ》な種族の一人でした。

「棚の上に……」笑ってこそいませんでしたが、清ちゃんは悪意や冷酷さのこもりようのない、大らかな表情を浮かべて言いました。

「夕べの煮込みが残ってるよ。冷えてるぜ。温めるといい」

「うん、それじゃあったためろ」言下に親方が命じました。

「わしがやります」

西昌三郎がガスコンロに火を点けるやら、棚の扉を開けて鍋をとりだすやら、あたふたと動き出しました。私自身の詰まらぬ自尊心だけにこだわっていたなら、そして西のいじましいほどの赤裸な告白がなかったならば、こうも容易にはありつけなかったろう食物を、私も三日ぶりにたらふく腹に詰め込みました。

食事を終わって、青いのをとっくに通り越して、薄茶色に変色した畳の敷き詰められた二階に上がり、入り口のわきに山と積まれた布団を選り分けているとき、ふと外を見やると、世話役が二人の人夫を従えて車に乗り込み、走り去るのが見えました。

彼らは、私たちが一ヶ月間この現場で働いている間中、二度と姿を見せませんでした。ここ以外にもいくつかの現場があって、そちらへ回されたものらしく思われました。残ったのは親方と清ちゃんと、新公と呼ばれている二十歳前後の若者と、西昌三郎、それに私の五人だけになってしまいました。

昼過ぎに、乗用車に先導された、プレハブハウスの材料を満載したトラックがやって来ました。私たちのいる宿舎の隣に、現場事務所を建てるのでした。乗用車から降り立つや否や、せわしく指揮を始めたのは、どこか坊ちゃん坊ちゃんしたところの残っている、三十歳くらいの、早川という現場監督でした。

「急げよ、ぐずぐずするなよ……」

積荷のロープを気の無さそうにほどいている、プレハブ架設工の肩を叩いたり、尻を小突いたりしながら、監督は一人で力んでいました。

「何が何でも今日中におっ建ててくれよ。芸術的に、スマートに、しかも迅速にな」

「今からじゃ無理だよ……」トラックの運転席から最後に出てきた髯《ひげ》もじゃの、スキー帽をかぶった男が仏頂面《ぶっちょうづら》で抗弁しました。

「四人で一日がかりの仕事を、三人で昼からおっぱじめて終わるはずがないじゃないか。大体、今日みたいな日に仕事をやるのが間違ってるんだ。俺も今日は休むんだった。忠臣面《づら》して、のこのこ出かけて来るんじゃなかった。どじ踏んじまったい」

「そうぼやきなさんなって。雪はやんだ。空は晴れた。さんさんと陽光は我らが頭上に降り注いでいる。でも、風は冷てえな。しかし、夕べ神様に祈った甲斐があった。祈ったお陰で、雪がやんでくれてよかった。さあ働いてくれ。気合を入れて、事務所をおっ建ててくれ。芸術的に美しく、しかも手早くな」

髯面《ひげづら》はいまだに気が乗らないらしく、ぐずぐずしていました。

「監督さん、あんたが一人でどう息巻いても無理なものは無理だよ。せいぜいやるにはやって見るがね」

「君がその気になってさえくれりゃ鬼に金棒だ。もう事務所は完成したも同然だ。俺は車の中で寝てるよ」

「やるだけはやるといったが、何も今日中に終わるなんて言ってやしねえぞ。見りゃ分かるだろうが、早川さん。いくら平屋の事務所だからって、積み木の家建てるんじゃねえんだから、そんなに早くできっこねえよ。トラックから材料降ろすだけでも、たっぷり一時間はかかるんだ。土台用の杭を打ち込んだり、材料を運んだり……。今から始めて終わるか、終わらねえか、ちょっと考えただけでも分かりそうなもんじゃねえか。大体、監督なんてのは、頭で考えるばかりで、実際は窓枠一枚運ぶわけじゃねえんだから、好きなおだをあげてられるんだ。実際にやる身にもなってみろってんだ」

「じゃあ、あと何人いれば今日中に終わるんだ?」

「最低三人は必要だ、でも、いねえものを当てにしたってしょうがねえ。まあ、今いる三人だけで、のんびりやるさ。終わらなけりゃ、あした一番でやるよ」

「おおーい、遠藤さーん……」監督が、食堂の方に向かって大声を上げました。

「なんだ……」親方がのっそりと窓から身を乗り出しました。

「あんたとこの人間、何人いるよ?」と監督は叫びました。

「俺を除いて四人だ」

「それを全部貸してくれよ。事務所建てるのに、手が足りないんだよ」

「何で俺が他人様の仕事に手を貸さなきゃならねえんだよ」

「プレハブ屋さんが頼んでるんじゃない。俺があんたに頼んでるんだ」

「いくら監督のあんたの頼みでも、四人もただで貸せねえ」

「ただで貸せなんて言ってやしない。ちゃんと日当は出す」

そんな訳で、私も西昌三郎も、清ちゃんも新公も、材料運びを手伝わされました。

夕方近くになって、真新しいパワーショベル、ユンボがトレーラートラックに載せられて到着しました。皆と一緒になってプレハブハウスを組み立てている新公に、親方は酒と肴を買いにやらせました。

「ユンボにお神酒《みき》をかけて祝うんだ」と、親方は酒の必要な理由を、にこにこ顔で説明しました。

夕方までに、事務所用のプレハブハウスは出来上がりました。建て終わると、架設工の連中は、手伝ってもらったお礼に酒を二升、清ちゃんに手渡し、礼を言うと、さっさと引き上げて行きました。

トレーラーから降ろされたユンボを、清ちゃんが試運転しました。彼が、このパワーショベルのオペレーター（運転士）でした。

「どうだい、あんべいは……」エンジンを唸《うな》らせ、何本ものレバーを押したり引いたり、ペダルを踏んだり放したりしている清ちゃんに、親方が怒鳴り立てました。

「何だって？」清ちゃんも叫び返しました。

「調子はどうかって訊《き》いてるんだ」

清ちゃんはエンジンを停めました。すると、突っかい棒を外されたかのように、どっと夕間暮れの静寂が押し寄せて来ました。

「調子はいいよ」

真新しい機械を初めて動かした感激など少しもない、淡々とした声で清ちゃんは答えました。

「良くなくちゃウソだあな……」親方が胸を反《そ》らせました。

「新車なんだから。新公、酒よこせ」

右手にぶら下げた一升瓶を新公が親方に手渡しました。親方は栓を抜くと、惜し気もなく酒をキャタピラーに振り掛けました。

「親っさん、もうそれくらいでいいよ……」清ちゃんが、ユンボではなく、だんだん量の減って行く酒瓶《さかびん》を気遣わしげに見守りながら、思わず声を上げました。

「残りは俺たちが飲むよ」

「馬鹿やろ。ちゃんと浄《きよ》めとかなくちゃ、いつどこで、どんな故障が起こらないとも限らないんだ。心配しなくても、おめえたちの飲む分はちゃんと買ってあるから、しみったれたことを言うな。それに清ちゃん、おめえ、プレハブ屋から一升もらったんだろ、皆にも飲ませろよ」

「そりゃ、もちろんだよ」

一升瓶を残らず注ぎ尽くすと、親方は拍手《かしわで》を打ち鳴らし、改まった顔つきで、深々とユンボに頭《こうべ》を垂れました。皆は無言で、親方が一人だけで司宰する儀式を見守っていました。いくら高価とは言え、たかが鉄の塊に過ぎない掘削機一台のために、大の男がこんなに神妙な顔をして頭を下げるなんて、うら悲しくもあれば、滑稽にも思われました。

とは言え、そう簡単には誰もが購《あがな》えるわけではない高額なパワーショベルを、実直な労働によって手に入れた親方の歓び、それが恙《つつが》なく稼動してくれるようにとの、親方の真摯《しんし》な願いは痛いほどに理解できました。

浄めが終わると、食堂に引き上げて、新公が酒と一緒に買ってきたカニや刺身をおかずに、夕食をしました。

事務所が建って、架設工たちが引き上げて行ってからも、ずっと今まで居残っていた監督の早川がやって来て、食事に加わりました。彼は、三時ごろに来た電話局の職員が電話器を取り付ける工事に立ち会っていたのでした。

「どうだい……」早川は、食物には手を付けずに、ちびりちびり酒を飲んでいる親方に問いかけました。

「あしたから始められるかい?」

「雪はもう降らねえだろうな」

「星が出てるよ」

「なら大丈夫だ。だが早川さん、水中ポンプだけは用意しときなよ」

「水が出るかな?」

「五メートル近くも掘り下げるんだろう。出るに決まってるさ。それに、ここは埋立地なんだぜ。何年か前までは海の底で、タイやヒラメが泳いでたんだ。すっかり水がなくなる訳がねえさ」

「そうかな？」

「試験掘りはやったんだろう。そんときゃどうだったい」

「試し掘りはやってないんだよ。何もこんな所にガス管だのケーブル線の障害物が埋設されてるはずはないんだから、試掘はやるまでもないと思ったんだよ。モグラみたいに、一目散に掘り進めると思うよ。問題は水だが……」

「水だからって馬鹿にしちゃいけねえぜ。ただ水が出るだけならいいんだが、ひどくなると、掘ったそばから周りの土を押し流して、掘った分、そっくり埋まっちまうこともあるんだからな。それが怖いんだよ」

「でも、地盤は固いよ……」慎重な親方とは反対に、監督の方はあくまで楽観的でした。

「三日もあれば掘れるだろう。そいつが終われば、工場棟と管理棟までの道路造成にかかってもらう」

「三日もあれば終わるだろうが、でも水中ポンプだけは揃えとかなくちゃいけねえぜ」

「分かった。百でいいかい」

「百だけじゃ駄目だ。二百も二、三台用意しといたほうがいい」

「百ボルトの電源しかないんだよ。動力線はまだ引いてないんだ」

「それじゃ電工呼んで、すぐ動力線を引かせな。大体、こういうものは工事が始まる前にちゃんと段取りしとかなくちゃ駄目なんだ」

親方と監督のやり取りをあとにして、私と西昌三郎は、食事が終わるとすぐに二階に上がって、布団に潜り込みました。何の暖房設備も娯楽品もない、三十畳敷きの薄暗い部屋に冷気だけは氷室《ひむろ》のようにたっぷり充満していました。

西昌三郎は私の隣に布団を敷いて、その上に、携えて来た二つの荷物のうち、風呂敷包みの方を広げて、アンダーシャツだのズボン下だのを取り出していました。そのうち、石鹸箱やタオルや歯磨きセットまで出て来て、それを彼は枕元に並べました。

「ずいぶん手回しがいいんだな」

何だか頼りなく、愚鈍そうな顔をしていながら、こうやって現場暮らしに必要最低限度の日用品は抜かりなく揃えている、その几帳面《きちようめん》さと用心深さがおかしくなって、私は声をかけました。

「俺は作業着しか用意して来なかったよ」

「要《い》るもんがあったら……」彼は風呂敷包みを掻き回す手を休めずに言いました。

「使うてもええよ。何がおかしいん？　にやにや笑うて……」

「何百万だか何千万だか知らんが、家、屋敷までギャンブルで失《な》くした人間が、百円、二百円の歯ブラシや石鹼を後生大事にかかえて、東京や大阪の街中《まちなか》をうろうろしていたかと思うと、何だか腹をかかえて笑い出したくなるんだよ」

「言われてみると、ほんにせやな。ひひ……こらおかしいわ。いつの間にやら知らん、流れもんの習性がすっかり身についてもうたわ。さあ、よしと、これですっかり働く準備はでけた。寝よ。明かり消そか。それとも、点けといた方がええかしらん。清ちゃんと新公、どこに寝てるんやろか。上がって来て、明かり消えとったら、気い悪くせえへんやろか」

「明かりがいるんなら、勝手に点けりゃいいさ。何もうわばみみたいな吞み助にいつまでも付き合うこたあない。こっちは飲みに来たんじゃねえ、働きに来てるんだ」

「それもそやな。ほな消すよ」

人間交叉点

一

翌朝——

「メシだあ、起きろ」と怒鳴り立てる新公の声で、私たちは目を覚ましました。

女の手がないので、暗いうちから新公が起き出して、食事の支度《したく》をするのでした。隣の布団《ふとん》で、西昌三郎は首だけ出して、きょろきょろ部屋の中を見回していました。

「ああ、いよいよ一日が始まるんやな。もうメシでけてるんやて」

「さあ、起きて食おう」私は心地よく暖まった布団を撥《は》ね上げました。

一番奥の方に寝ていた清ちゃんが、目蓋をふくらませて、のそのそと亀の子みたいに布団の中から首を出しました。

「何時だい？」目を閉じたまま、まだ眠くてたまらないような声を清ちゃんは出しました。誰も時計を持っていませんでした。

「もう八時に近いのんとちゃいますか……」布団を畳みながら、西が言いました。

「ちょっと寝過ぎやな。現場に泊まりこんどるからいいようなものの、通《かよ》いやったらどやしつけられまっせ。よそじゃ、遅くとも六時には起き出して、メシ食うのもそこそこに、現場へ出かけるんやさかいにな」

「それじゃ起きるとするか……」清ちゃんがゆっくりと身を起こしました。

「そろそろ親じがやって来るからな」

親方と監督は、姉ヶ崎の旅館に泊まり込んでいるのでした。食事の最中に二人は早川の車でやって来ました。

「どうだい……」食堂へ入り込むなり、親方は元気よく第一声を放ちました。

「俺んとこのメシの味は……」

「うまいです」口中に飯を満たしながらも、西がすぐさま答えました。

「そうだろう」親方はしたり顔で続けました。

「近くの百姓家からじかに米を買ってるんだからな。しっかり詰め込んどけよ。腹が減って、力が出ねえなんて愚痴《ぐち》だけは言ってもらいたくねえもんだ。メシ食ったら、スコップもって外に出ろ。ユンボで石油タンクを埋め込む穴《ピット》を掘る。ユンボが掘り残したところを、お前たちがスコップですくい取って、バケットの前に放り投げてやりゃいいんだ。無理はするな。ケガしちゃつまらねえ。ヘルメットをかぶれ。顎紐《あごひも》をちゃんと締めろ」

食事が終ると、清ちゃんはユンボに燃料を入れ、エンジンを始動させました。凜冽《りんれつ》の寒気を揺すぶり動かしながらユンボは、石灰で白線を引いている監督の前までやって来ました。

「さあ掘れ！」親方が怒鳴りました。

「芸術的にだぞ……」監督も声を張り上げました。

「美しく、誰が見ても文句のつけようのない、素晴らしい穴《ピット》を掘るんだ」

清ちゃんがぐっと唇を引き締めて、レバーを引きました。

バケットが勢いよく地表に食い込むと、ゆっくりと雪混じりの土塊《つちくれ》をすくい上げ、すっと上がり、くるりと回転して、空き地にどさりと投げ下ろしました。バケットが空になると、もう清ちゃんはレバーを押し戻してアームを回転させ、回転が止まったかと思うと、すぐさまバケットが下降して、地べたに食らいつきます。

「うまいもんやな……」西昌三郎が思わず声を上げます。

「まるで自分の腕みたいに、きりきり自在に動きよるやんけ」

「どうだい……」親方が腕組みしたまま、次第に深くなっていく凹地《くぼち》を覗《のぞ》き込みます。

「水は出ねえかい？」

「まだ出ないね」と私は答えます。

「でも、出そうだな。ずいぶん土が湿っぽい。おーい、早川さん」親方は事務所に向かって声を上げました。

「水中ポンプはまだ来ねえのかい？」

「九時までには届くことになっている」窓を開いて、監督が叫び返しました。

「早くしろって言ってやんな」親方が急《せ》き立てました。

「水が出るぜ」

「本当かよ……」心配顔で、監督は足早にやって来ました。

「掘り始めた途端に出るんじゃ、先が思いやられるな。やっ、本当だ、じくじくしてやがる」

「だから言わねえことじゃねえんだ。電工にも連絡して大至急、動力線を引かせな。百ボルトのポンプだけじゃ間に合いっこないぜ」

慌てて監督は事務所に引き返し、電話器に飛びつきました。

「親っさん……」私は親方に呼びかけました。

「山留《やまど》め材料が何もないね」

「山が来るかな？」

山が来る、とは土砂崩れが起きるという意味です。小型プールほどの掘削《くっさく》工事をする場合にはどこにでも、土砂崩れ防止用の、つまり、山留め材料が用意してあるものですが、ここには何もないのでした。

「固いのは表面だけじゃないか……」なおも私は続けました。

「一メートル下は砂地だよ。山留めしないんなら、下が崩れてもいいように、倍くらい広く掘らなくちゃ」

「広くは掘れねえんだ……」親方が真顔《まがお》で言いました。

「すぐこの隣にも建物が建つんだから。どうだい清ちゃん……」彼は運転室の清ちゃんの方に向き直りました。

「このまま掘り進められそうかい？」

清ちゃんがアクセルを絞って、エンジンの音を小さくすると、ほとんど表情を変えずに言いました。

「山留めしねえことにゃ無理だな。五メートルも掘り下げりゃ、この砂じゃ必ず崩れるよ。ユンボごと落ち込まねえとも限らねえ」

事務所では、監督が受話器に向かって何やらがなり立てています。その監督を親方が手招きしました。

「山が来るぜ」

「何だって？」監督が目をむきました。

「山が来ますぜ、監督さん」親方が断言しました。

「おどかさんでくれよ。来てやしないじゃないか」

「今に来るよ。掘ったそばから砂が崩れて、いくらしゃかりきに掘っても、ちっとも広くも、深くもならない。どうだい、どれだけ崩れてもいいように、倍広く掘るかい？」

「そんなことはできない。大丈夫だろう。崩れやしないよ」

私はスコップを手にして、四メートルほど掘り下げられた穴《ピット》の中に飛び込みました。新公と西昌三郎も後に続きました。上から見ると、四メートルの深さはそれほどでもありませんが、穴の底から見上げると、いつ崩れ落ちるか分からない軟弱な地層だけに不気味でした。

「大丈夫かいな……」西が不安を洩《も》らしました。

「自分の背《せ》丈《たけ》より深い穴の中へ入るときは、気いつけんとな。埋まってもうたら、助からんよってにな。ほら、来たがな……」

彼がさっと身をひるがえすと同時に、バケット二、三杯分の土がばさりと崩れ落ちて、水しぶきを上げました。

「掘れるだけ掘ってみろ」という親方の命令に従って、再び清ちゃんはエンジンの回転を上げました。砂層なので、ユンボはどんどん掘り進みます。しかし、監督がスケールで測ると、四メートル五十センチしかありません。ユンボが掘り残した分の五十センチ、と言うより、水とともに下から吹き上げてくる五十センチ分の砂は、我々がスコップですくい取って、バケットの前まで放り投げるのでした。が、いくら努力しても、四メートル五十センチ以上には深くなりませんでした。

百ボルトの水中ポンプを二台据え付けましたが、ポンプが排出する量より、湧き上がって来る水量の方がはるかに多い有様でした。それに絶えず見張っていなければ、ポンプの吸入口は砂を吸ってしまって、すぐ詰まってしまうのでした。

「おい、また砂がくっ付いたんじゃねえか。全然水が出て来ねえぞ」親方がホースを押したり、揺さぶったりしながら、穴《ピット》の縁《ふち》から身を乗り出して怒鳴ります。

「親っさん、木箱を作ろう……」私は言いました。

「その中へポンプを入れちまえば、砂は流れ込んで来ないよ」

「うん、そうだ」親方は即座に同意しました。「箱を作れ」

「新ちゃん」しきりと、吸入口に付着した砂をスコップで削ぎ落としている新公に私は言いました。

「このポンプが二基入るくらいの箱を作ってくれよ。西さん、あんたも一緒にだ」

しかし、二人が作った木箱も役に立ちませんでした。箱を埋め込むために穴を掘ろうとしても、砂と水が一緒に吹き上げて来て、どうしても深くならないのです。七十センチ立方の木箱を埋め込むという、たったそれだけの作業に半日もかかりました。そして埋め込んだ箱の底からも、砂は絶えず湧き上がってきました。

「やっぱり駄目か」親方が唸《うな》りました。しかし、まだ方法はありました。

「ムシロかゴザを敷いて、その上にポンプを置けば、砂は吸わないけど……」

「それっきゃ手はねえな。おい新公」若者のわりには驚くほど寡黙で従順な新公に、親方は命じました。

「お前、近くの農家へ行って、ゴザかムシロを買って来い。なけりゃ、カマスでもいいぞ」

一時間ほどして、新公は荒ムシロを抱えて帰って来ました。このムシロは成功でした。

が、翌朝、朝飯を知らせに二階に上がってきた新公は、昨日掘った穴《ピット》が、土砂崩れで半分以上埋まってしまったことも同時に報告しました。

「やっぱり山がきたか！」溜《た》め息まじりに清ちゃんが言いました。

いつもは眠り足りなくて半分閉ざされた目蓋は、その朝ぱちくりと開かれて、その瞳には悔しさが宿っていました。文字通り、昨日の労働の大半が水の泡となったのですから。

やがて現われた親方と監督は、無言のままに、無残に崩落してしまった凹地を見詰めていました。

「こうなりゃ、シートパイル（鋼矢板《こうやいた》）だな……」親方が決めつけるように言いました。

監督が頭をかかえました。

「シートパイルを打ち込めば、何も心配はいらん」

「何枚いる？」監督が悲鳴を上げました。

「一枚が四十センチ幅のシートパイルを、縦が二十五メートル、横が十五メートルのピットをそっくり囲うのに何枚いると思うんだ、え？　遠藤さん」

「そんな計算なんか、あんたの仕事だ、俺の知ったこっちゃねえ」

「それに杭《くい》打ち器だっている。どれだけの金がかかると思う、え？　遠藤さん」

「知らんね。分かってるこたあ、山留めしねえことにゃ、これ以上一センチだって掘れやしねえってことだ」

「山留めの予算は全然ないんだ」

「何だって？」不意に親方は激昂《げっこう》しました。

「そんな馬鹿な話があるかい。一体おめえたちゃ何考えて仕事やってるんだ。それでよく監督でございの候《そうろう》のって、でけえ面《つら》してられるな」

「もう一度掘ってみよう。もう崩れないかもしれない」

「あんたの都合で土砂は崩れたり、崩れなかったりするんじゃねえんだぞ。土は崩れたい時に崩れる。崩れる条件があればいつでも崩れる。崩れねえように鉄板を打ち込む……。何も小むずかしい面《つら》して考えてるこたあねえじゃねえか」

「こっちは金と相談して仕事しなけりゃならないんだよ。予算ってものがあるんだ。分かってくれよ、遠藤さん」

「じゃあ、どうしろってんだ」

「だから、もう一度掘ってみてくれよ。それで駄目なら、社のお偉いさんにお伺《うかが》い立ててみるよ」

「お偉いさんが見ようと、どこかの目無しオヤジが見ようと、無理なものは無理なんだ。早川さん、あんただってそう思うだろう？　何度掘ったところで、このままじゃ賽《さい》の河原《かわら》みたいに崩れると思うだろう？」

「思うよ。でも、損して仕事しちゃ駄目なんだ。あんたの言うように、金かけて、シートパイルを打ち込めば、それが一番手っ取り早くて、安全だぐらいは俺にも分かる。だが、何と言われても、これは俺の一存だけでは決めかねる。ああ神様、取っ掛かりからこんな障害にぶつかるとは何ということです」

「こんなことぐらいで、いちいち神様に泣きつくんじゃねえ。寝小便《ねしょんべん》の後始末もできねえで、めそめそ、しくしくやってる女学生みたいによ。神様だってヒマじゃねえんだ。それに、早川さん、しみったれたばかりに、人間を埋め殺しでもしてみろ。損だのチョウチンだのじゃ済まなくなるぜ。今日日《きょうび》は、監督署がうるさくてしょうがねえんだ。何か人身事故が起こると、所長の首が飛んだり、工事中止の命令が出るご時世なんだぜ。俺の知ってる監督は、万年所長とみんなに同情されたり、笑われたりしながら、間もなく停年だ。若い時分から器量もあったし、人望も厚かったし、よく勉強もしたし、どれほど出世したところで誰も異存のねえ立派な監督だった。それが職人ひとりを殺しちまったばかりに、昇進は所長止まりで、常務にも専務にもなれやしねえ。能力も人格も重役になるについちゃ申し分のない人が、人ひとりを殺しちまったお陰でこのざまだ。何もじかに突いたり、切ったり、絞めたりして殺した訳じゃねえ。自分の現場の鳶《とび》職人が、酔いがさめねえままに鉄骨組み立て作業に出て、足を滑らしておっ死《ち》んじまったんだ。酔っ払いを危険な高所作業に従事させた監督不行き届きということで、そのお人は詰め腹切らされて、万年所長とあだ名されて全国の現場を渡り歩いているよ……。安物買いの銭失《ぜにうしな》いと言ってな、要《い》る金を出ししぶると、ろくなこたあねえぞ」

「………」

「これだけの掘削やるのに、ろくすっぽ土質を調べもしねえで、山留め費用をそっくり浮かそうなんて、そりゃちっと虫が好すぎるってもんだ。これで山留めの費用かけずにすめば、会社は笑いが止まらねえって寸法だろうが、そうは問屋がおろすかよ。こんなふざけた仕事やってると、お前んちの神様にも、尻まくって逃げ出されるぞ。キリスト様だか、帝釈天《たいしゃくてん》だか、天照《あまてらす》の神様だか知らねえけどよ」

しかし監督は本社に指令を仰ぎ、さらに親方とも慎重な検討を重ねた結果、金と時間のかかるシートパイルではなく、一・五メートルおきにレールを打ち込んで、レールとレールの間に、矢板《やいた》と呼ばれる分厚い板を段々に重ねて、土砂崩れを防止するという工法を採用することにしました。

その材料なら、ちゃんと会社の資材倉庫に保管されているので、最小限度の出費で意想外の難関を克服できるのでした。それでもレールを打ち込む杭打ち器は必要でしたが、これも新品のユンボのバケットをハンマー代わりに利用することに、親方はしぶしぶながらも同意しました。

早速レールと矢板が搬入されました。ユンボの進行方向だけを除いて、穴《ピット》の周囲に一・五メートル間隔でレールを打ち込み終わると、その長さに切り揃えた矢板を重ねる仕事にかかりました。私たちが山留め作業をしている間に、清ちゃんは掘り進みました。周囲をそっくり囲い込むのに三日間かかりました。さらに土圧でレールが倒れないように、胴梁《どうばり》や火打ち（補強材）を入れるのに一日が必要でした。

掘削が終わると、栗石《くりいし》を並べ、その上に砂利を敷き詰め、さらにコンクリートを流し込みました。これで地表から五メートル下の、テニスコートにも似た広場がやっと完成するのでした。

「まさに労働を売ってるゆう感じやな……」これでひと息つける、コンクリートを平らに均《なら》しながら、西昌三郎が言ったものでした。

「これで抜きの一・五は、どう考えても安すぎるわ。大将なんか、その倍もろたかて罰当たらんと思うけどな。よう仕事知ってて、よう働くもん。きのう今日始めたかけ出しと訳がちがう。せやろ、もうずいぶん長いことやってはるんやろ？」

「こんな仕事、何年やっても自慢にゃならんよ」

「せやろか……。それにしたって、たいていの人間はどうにかしてずるけよ、手え抜いて楽しようとするもんやけど、大将は馬鹿みたいに真っ正直に働く。わし、これは感心やと思うわ」

「何はともあれ、これで金もらって、その金で生きてる仕事を怠けて笑いものになること、それは自分の生き様、信条、人格そのものがいかがわしいものとして笑いものになることだ。笑いものにされて平然としていられるほど俺は落ちぶれちゃいない。要するに、自尊心ってやつさ」

「はあ、哲学者やな。大将、深遠な道理を生きとるわけやな」

「何が深遠なもんか。日本の労働者なら誰もが持っている最低限度のモラルだ。あんただって、ちゃんと持ってるじゃないか。よくやってると思う。皆がよくやってるからこそ、これだけの仕事が、大きな事故もなくできたんだ」

「わしは付録、おまけや。ずるがしこい仲間と組んだら、わしも狡猾《こうかつ》に立ち回るし、真面目な相棒《あいぼう》と一緒やったらまじめに働く、カメレオンみたいに自主性ちゅうもんのまるでないあかんたれや。それにしても、まあよう掘ったもんやな。ほんま、わしらがこの仕事やったんかいな……」

その日の仕事が終わって、夕食を始めてすぐに親方がやって来ました。

「あす東京へいって来るが、用事のある者は足して来てやるぞ」

私は長くても十日ぐらいの留守に留めるつもりで出て来た部屋のことが気になっていたところでした。

十日ぐらい働けば、未納の二ヶ月分の部屋代を払えるつもりでいたのですが、一ヶ月契約でこの現場へ来た以上、再び自分の部屋に帰れるのは、三月中旬過ぎということになります。三年前、これと同じような状況に陥ったことがあって、その折は、ひと月働いて再び自分の部屋に帰ったときにはすでに手遅れでした。

出かけるときは確かに自分のものだったはずのその部屋には、もう見知らぬ他人が住んでいるのでした。一度の部屋代の滞納で、私は問答無用に追い出されてしまったのです。それ以来、今の中野のアパートを借りるまでに、二年の歳月が必要でした。ダム工事や、地下鉄工事現場でさんざん苦労して手にした金で借りた部屋でしたので、ひと月の家賃を滞納したばかりに追放の憂《う》き目に遭うのはもう御免でした。

現在のアパートの女大家は、前の板橋の因業《いんごう》親爺とは違ってごく柔和な、二、三ヶ月、家賃を滞納したところで、催促がましいことは何一つ口にしない捌《さば》けた人ですが、だからと言って、その寛大さに付け込んではならないことなど私は百も承知でした。

「親っさん……」私はすぐさま、親方の言葉に飛び付きました。

「金送ってもらいたいんだよ。大家のところへ二月と三月、ふた月分の家賃を」

「分かった、いくら送ればいいんだ?」

「一万二千円」

「住所は?」

「中野区江古田《えこだ》二丁目○番地×号、山上荘」

親方はそれを手帳に書き留めました。

「ほかに用のある奴はいねえのか?」

誰もが無言で食事を続けました。

二

翌日からは、やがて建設される工場内を縦横に区切ることになる、道路の造成工事が始まりました。

早川監督が、数日前にやって来た若い見習いの監督を使って、石灰で引いて行く線に沿って、清ちゃんがユンボで五十センチずつ掘り下げて行くその後を、我々は平らにならして、栗石を敷き詰め、砂利を撒き、さらにコンクリートを流すのです。

もうこの時分には皆、鼻歌まじりに仕事をしたものでした。一週間も水と砂の湧出するピットの中で悪戦苦闘した私たちにとって、水の出る心配もなければ、土砂崩れの不安もない地上での作業は、気楽この上もないことだったのです。

夜になって、親方が新宿百人町の「溜まり場」から、さらに五人の人夫を引き連れて帰って来ました。

「日高！」私の顔を見るなり、親方はポケットから一枚の紙片を取り出して言いました。

「領収書だ」

何の？　と私はあやうく問い返すところでした。ところが、親方の方が先に話を継ぎました。

「今日、用があったから、田無《たなし》の家まで帰ってきたんだが、途中で、お前の言った住所の前を通りかかった。お前もいい加減な奴だな。江古田二丁目〇番地×号ってのは、ありゃパン屋じゃねえか。うちにはそんな人はおりませんし、第一、うちはアパートじゃありませんと言われて、俺は頭をかいちまったぞい」

「あの、親っさん、わざわざ届けてくれたんですか。書留か何かで送ってもらえばよかったのに……」

「郵便なんどで送った日にゃ、いつまで経っても届きゃしねえよ。肝心の住所が違ってるんだから。ま、そのパン屋でお前の住所のアパートを教えてくれて、尋ね当てて届けることができた。これが支払いの領収書だ」

その受け取り証には、見慣れた女大家の、あまりうまくはない文字で、こう記されていました。

金　壱萬弐阡圓也

二・三月分の部屋代として

右記の金額、正に受領致しました

山上久美子　印

新たにやって来た五人のうち、一人は、どうにも使い物にならないアルコール中毒の老人でした。そして一晩中、臓腑《ぞうふ》まで吐き出しそうな激しい、何か悪意のこもった、神経に触る咳《せき》をするので、誰もが眠れませんでした。おまけに毎晩のように、布団の中で小便を洩らしました。もちろん仕事はまるで駄目でした。何しろ立っているのがやっとで、割り石一つでも持とうものなら、たちまちぐらぐらとよろめいて、地べたに這いつくばってしまうのでした。

業《ごう》を煮《に》やした親方は、新公に代わって、この老人に飯炊《めした》きを命じました。

他の現場でなら、半日も経たないうちに、首っ玉を捩《ね》じ上げられてお払い箱にされること請け合いの、この恩知らずの老人は、それで汚名《おめい》を返上できるはずの飯炊きの仕事すら全くやりませんでした。彼は一向に食事の支度などせずに、人夫の晩酌用に買い溜めてある酒を勝手に飲んでは、へべれけに酔い潰《つぶ》れて、眠り呆《ほう》けているのでした。それで、松田と矢野という、新参の屈強の若者が三日目に、この老人を車で棄てに行きました。帰って来ると、彼らは皆に報告しました。

「五井《ごい》の田圃《たんぼ》の中に、置いてけぼり食わせて来た」

この極寒の中で、泥酔したまま一晩中田圃の中に放置しておけば、きっと老人は凍死するに違いないと思いました。けれども、少しの同情も憐憫《れんびん》も感じませんでした。この老人は足腰立たぬ酔いどれながら、何やら知らん、私の思い及ばぬ図太さ、強靭さを持っている気がしたからです。切っても、突いても、おいそれとはくたばらない強《したた》かさ、頑強さを持っている気がしたからです。

そうでなければ、初めての現場で、ああも我がまま放題に振る舞えるものでは決してないのです。どんな荒くれ者でも、ならず者でも、いざ現場へ出れば、要するにやるだけの仕事はやるのです。むしろ、荒くれ者ほど、人に後ろ指を差されないように、がむしゃらに働くのが常です。

口先ばかりで、まともな仕事は何もできないという批難ほど身にしみて、耐え難い屈辱はないのです。現場へ出て何一つ仕事などせずに、昼間から飲んだくれているなど、どんなに腹のすわった破天荒の者にも、とうていできる芸当ではないのです。

だからあの酔いどれ老人は、もはや自分がどこにいて、何をやっているのかさえ分からないほどの、よくよくの耄碌爺《もうろくじじ》いか、人の批難、嘲笑に何の痛痒《つうよう》も感じることのない度外《どはず》れの破廉恥漢であるかのいずれかです。もし後者であれば、酔って田圃の中に置き去りにされるような仕打ちになど馴《な》れっこになっているはずで、そんな苦痛など平然と凌《しの》いで来たからこそ、あれほど、図太く、強かに生きられるのです。

自分がどこにいて、何をしているか分からないほど耄碌している可能性も零《ぜろ》でした。そんなに耄碌していたのでは、他の世界でならともかく、この世界では絶対に生きてはいけないからです。

多くの仲間がせっせと汗水垂らして働いているのに、何の呵責《かしやく》も感じないままに、ぶらぶらと一杯機嫌で怠けていられるほど、それほど耄碌した人間というものは、この世界には一人もいません。年取って若い者と同じように働けなくなった者は、それでも自分に出来る仕事を見つけて、それに精一杯の力を傾注するのが常です。そして、その努力を笑いものにするほど冷酷な者も、無情な者も、またこの世界には存在しないのです。

そんな訳で、あのへべれけ老人が右か左か、夏か冬かも分からないまでに耄碌しているのではないことは確かでした。首根っこを押さえつけて絞め殺しでもしない限り、田圃に放ったらかしにしたぐらいで凍死するような、やわな人物ではないのです。たとい死んだにしても、自分を打ち棄てた者たちを恨みがましく思わないだけの胆力を持っていることも確かでした。そんな無残な死を恐れるのなら、ちゃんとまともに働くはずだからです。

あの老人は、私の持ち合わせている小さな尺度では測りかねるものを持っていました。だから私は布団に入るやいなや、もう老人のことは忘れてしまって、たちまち快い温もりに抱かれて、深い眠りに落ちて行きました。


真夜中に、野良犬でも入り込んだものか、階下の食堂でしきりと音がするので、皆が目を覚ましました。しかし耳を澄ますと、犬や猫の立てる、人も無げな無機質な音ではなく、何か周りを憚《はばか》る、慎重な意志のようなものが加わっていることが分かりました。

清ちゃんが起き上がって、降りて行きました。やがて、「何やってるんだ!」という、彼の誰かを難詰する険しい声が聞こえて来ました。

「メシ食わせてもらおうと思って……」

いくらか狼狽《ろうばい》気味の、しかし厚かましさのたっぷりこもったその声は、何と五井の田圃の中で寝ているはずの、あの酔っ払い老人のものでした。老人は酒を探し求めて、食堂の中を掻《か》き回していたのでした。

「メシはそんな箱の中にゃねえ、釜の中だ」

さしもの温和な清ちゃんの声音《こわね》にも、怒りの気配が漲《みなぎ》っていました。

「あいよ……」老人はいけしゃあしゃあと言い返しました。

「分かった」

「メシ食ったら、さっさと寝るんだぞ」

今ではこの現場の世話役である清ちゃんが、威厳をこめて言っていました。

「みんなくたびれて眠ってるんだから、静かに階段を昇って来るんだぞ」

老人を食堂に残したまま、清ちゃんは上がって来ました。出るとき点けていった明かりを、上がってきた老人が暗闇の中で誰かに蹴躓《けつまず》きはしないかという懸念からか、清ちゃんは消さないままに、再び布団の中に潜《もぐ》り込みました。

「どうやって帰って来たんだろうな」

矢野が呟《つぶや》きました。相棒の松田は、あんなすれっからしの老いぼれに気兼ねするのは沽《こ》券《けん》に関わるとでも思ったものか、殊更に声を荒げました。

「きっとアルコールが抜けて寒くなったんで、目が覚めて、瓢簞《ひょうたん》みたいにふらつきながら辿り着きやがったのさ」

しばしの静寂の後、また酒を探しているらしく、空き瓶のがちゃつく音が聞こえて来ました。その音は最前のように、耳目を憚る遠慮がちなものではなく、一種の物狂おしさのこもった騒々しいものになっていきました。

「また酒を探してやがる……」清ちゃんが舌打ちしました。

「今度はきっと見つけるぞ」

「叩き出そうか」

松田が身を起こしかけましたが、それを察知でもしたかのように、階下の物音は急にぴたりとやみました。

「きっと飲んでやがるんだ……」

矢野は忍者みたいに、畳に耳を押し付けて、じっと下の気配をうかがっていました。

しばらくして、がらりと食堂の引き戸の開く音がして、ひと呼吸おいて、閉まる音が聞こえました。それから、のろのろと鉄の階段を上がって来る足音がしました。やがて戸が開いて、老人が暗がりの中からぬっと姿を現しました。老人を棄てに行った矢野と松田は何を思ったか、狸寝入《たぬきねい》りを決め込みました。

布団の中で、息をひそめて成り行きをうかがっている者にはいらいらするほどの緩慢さで、老人は地下足袋《じかたび》を脱いで上がり込み、何やら知らん、御詠歌みたいに抑揚の乏しい鼻歌を歌いながら自分の寝場所へ行き、もぞもぞやっていました。

「爺さん……」

突然、清ちゃんが布団の中から首を突き出しました。

「小便するときゃ、ちゃんと外でしな。布団の中でやっちゃ駄目だぞ」

「おいらは布団の中じゃ小便はしないよ」

ひるむ様子も見せずに、老人はやり返しました。清ちゃんはむっとなりました。

「じゃ、毎朝お前の布団がゾウキンみたいにぐしょぐしょに濡《ぬ》れてるのはどうしてなんだ。雪ダルマ抱いて寝てるわけじゃあるまいし、おかしいじゃねえかよ」

「おいらはちゃんと外へ出て小便するよ。お休み、清ちゃんお休み、諸君お休み」

言い終わると同時に、激しい咳の発作《ほっさ》が始まりました。最も鋭敏な部分の神経の先端をハンマーで力まかせに打ちつけるような、長く、猛烈な発作でした。厳冬の田圃の中に、捨て猫みたいに人ひとりを置き去りにした疚《やま》しさからか、それとも老いたりとはいえ、魁《かい》偉《い》な体軀の、まだ一人二人は楽に殺せるだけの力は秘めていそうな老人の壮絶な復讐を恐れてか、最初は狸寝入りをしていた松田も、たまらずわめき出しました。

「やい爺《じじ》い、咳をとめろ！」

「出るものはしょうがあんめいよ」

皆の眠りを妨げていることへの自責の念などかけらもない、何か威嚇《いかく》するような声で老人は反撃しました。松田は猛《たけ》り狂いました。

「で、で、出るものはしょうがねえ……その通りだ。でも、お前の咳はまるで遠慮会釈《えしやく》ってものがねえ。うるさくして相すまねえ、眠りを邪魔して申し訳がねえ、それでまわりに気がねしいしい咳《せ》き込んでるんじゃねえ……。うるさかろうが、癇《かん》にさわろうが、自分の知ったこっちゃねえって、人を小馬鹿にした腹の底が見え見えなんだ……。お前は俺たちを眠らせないために、眠れなくて七転八倒してるのを小気味良く眺めて楽しむために、わざと激しく、長く咳き込んでやがるんだ。おめえにゃ、かわいげってものがまるでねえ。いい年してこのくそ爺い、俺たちを頭からなめ切ってやがるんだ」

「お神酒《みき》がありゃ、じきおいらの咳はおさまるんだが……」

若い松田の罵声に何の動揺も見せずに、ごく落ち着きすました声で老人が言いました。

一瞬、松田は怒りの矛先《ほこさき》をかわされて、面食らった態《てい》でした。

「下でたらふく飲んできたんだろう」

「二本っきりっきゃなかった」

「二本だって、おめい、四合はあるぜ」

「いんにゃ、四合なんてありゃしねえ。一本にいいとこ一合五勺《しゃく》だ、二本合わせて四合だなんて、とんでもねえ如何様《いかさま》だ。おいらこの皺首《しわくび》賭けて誓う。四合なんて決して飲んじゃいねえ」

「とにかく二本とも飲んじまったんだろう。なら、もうねえよ」

「うん、食堂の中にゃもう一本もねえ。でも、隣の監督事務所の中にゃきっとあると思うよ」

このような着工したばかりの現場では、出入りの業者たちが挨拶がてらに酒をぶら下げて、監督の控えている事務所にやって来ることを、この抜け目のない老人はちゃんと知り抜いているのでした。

「ちっ」松田はいまいましげに舌を鳴らしました。

「爺さん、おめえ、酔っ払っちまえば、ほんとにその胸《むな》くその悪い咳はじきにおさまるんだな」

「咳止め薬さ」

それで松田は階下《した》へ降り、事務所のドアをこじ開けて、酒を一升くすねて来て、老人に与えました。老人は、清ちゃんが酔い覚まし用に用意しておく、水の入ったウイスキー瓶の上にかぶせてあるコップを借り受け、それに並々と酒を満たして、立て続けに三杯あおり、やっと人心地がついたとでも言わぬばかりに、ふっと吐息《といき》を洩らしました。この飲みっぷりには誰もが度肝《どぎも》を抜かれました。

「どうもあらへん？」先ほどから、興味深げに老人を見守っていた西昌三郎が、呆れたように口をあんぐりあけて尋ねました。老人は微《かす》かな笑みを浮かべました。

「うめえよ。うん、実にうめえ。どうも皆さん、おおきに、おおきに有難う」

老人は左手で一升瓶を抱きかかえ、右手に空のコップを差し上げて、皆をぐるりと見回して、ぺこりと頭を下げました。

「若けえころはずいぶん飲んだろう？」

夜の間は酒の切れたためしのない清ちゃんも、先ほどの老人に対する怒りはすっかり忘れ果てて、驚きに目を見張らせていました。

「飲んだよ」四杯目をあおりながら、老人は頷《うなず》きました。

「ずっと現場暮しかい？」

「ずっとさ。十六歳の餓鬼の時分から、五十年間ずっとさ」

「十六歳って言や、中学生か高校生じゃねえか」

「そんな気の利《き》いた学校へは行かせてもらえんかった。おいらは小学校きりっきゃ出てねえ。十六歳で人買いに買われて、虱《しらみ》だらけの蟹工船《かにこうせん》へ乗せられたのが、おいらの放浪人生の始まりさ」

「昔、タコ部屋なんてあったという話、あれほんま？」

何かに思い当ったかのように、西が不意に声を上げました。

「あったなんてもんじゃねえ」老人は恫喝《どうかつ》するかのように西を睨《にら》みつけました。

「蝮《まむし》の銀二って渾名《あだな》されたおいらが、れっきとした生き証人さ。三十過ぎから四十なかばまで、おいらはタコ部屋の人夫頭だった。逃げ出す奴あ、樫《かし》の棒で叩きのめした。犬をけしかけた。手向かいする奴にゃ、ドスを突き刺した。昔の流れ者と言や、誰でも荷物の底に、一本や二本のドスは忍ばせていたもんさ。ツルハシやスコップやドスを振り回しての切った張ったは茶飯事だった。死んだのは、ダムの底にぶち込んだ。橋脚のコンクリートの中へ練り込んだ。隧道《ずいどう》の竪穴《たてあな》の中へ投げ入れた。今日日、そいつらの夢をよく見るよ。死んで何より親孝行のろくでなしどもが、何を血迷いやがったか、今ごろ化けて出て、おいらの寝首《ねくび》を掻こうと、おいらが目をつぶる隙《すき》をじっと狙《ねら》ってやがるんだ。老いぼれだと思って、こけにしてやがるんだ。ろくすっぽあんよもくっ付いてねえ、暗闇住まいの幽霊のくせしやがって、まだどっこい、この世にしぶとく根をはやしたおいらを取り殺そうと、なよなよした、なまっ白《ちろ》い手なんぞを何本ふらふら伸ばしたところで、びくつき、腰を抜かす俺様かよ。笑わせるんじゃねえ……」

そこまで言って、老人は躰が粉微塵《みじん》に砕け散るのではないかと思われるほどの猛烈な咳の発作に襲われました。寒風吹きすさぶ野面《のづら》に放って置かれたので、持ち前の喘息《ぜんそく》がいっそう悪化したものらしく思われました。

老人はまたもや二杯ほど酒をあおりました。酒が鎮咳効果を発揮するのはほんの数分間だけで、それが過ぎると、呪わしいまでに神経に触る咳が、いつ止むとも知れずに続くのでした。

皆は無言で布団を引っかぶりました。誰ももう抗議しようとはしませんでした。

ほとんど半世紀に近い長年月を、苛酷な労働に費やして来た老人にたいする労《いたわ》りから、彼らは今宵《こよい》の責め苦を忍ぼうと決心したのでしょうか。それとも、老いたりとは言え、タコ部屋で逃亡者を樫の棒で打ちのめし、死者をダムの底に投げ込んだ時代の獰猛《どうもう》な野性がまだ消えやらぬままに残っているのを見て畏怖《いふ》の念に取り付かれ、下手《へた》な抗議立ては自分の身のためにならないと踏んだのでしょうか。あるいは、酒を飲めば咳はおさまるという老人の空《から》約束をあくまで信じる振りをして、沈黙の重さでもって、老人におのが破約の罪深さを思い知らせようとでもしたのでしょうか。

重苦しい静寂の中で、老人の猛々《たけだけ》しい咳だけが長々と響き渡りました。そのうち、老人は咳き込みながら立ち上がり、下へ降りて行って、再び上がっては来ませんでした。依然として、明かりは点いたままでした。老人が帰ってきて、消してくれるのを当てにしていたのでしょうか。それとも、昼間の仕事の疲れから、本当の眠気に捉われていた皆に、起き上がって明かりを消すだけの余力は失われていて、点けたままでいいという投げやりな気分が支配していたのでしょうか。

ともかく、その夜、明かりはひと晩中点けっ放しになっていました。

翌朝、皆が起きてみると老人は、監督事務所のソファで、新たに一升瓶を八分目から飲み干して、昏睡状態で横たわっていました。親方が怒って肩を揺すぶっても、老人はぴくりともしませんでした。

「まったくしょうのねえ爺いだな……」

親方も老人の図々《ずうずう》しさには、ほとほと呆れ果ててしまいました。

「こんな面《つら》の皮の厚いのは見たことがねえ。矢野、おめえ、きのうこいつをおっぽって来たんじゃなかったのかい」

「それが夜中になって帰って来たんだよ……」矢野も途方に暮れたように老人と親方に代わるがわる目をやりながら、弁解がましく言い立てました。

「五井の田圃の中へ置いて来たんだから、もどる気になりゃ、一時間もありゃたどり着けるさ。でも、まともな人間なら、置き去りにされたってことで、自分は要らねえ人間だってことを思い知って、二度と寄り付きやしないはずなんだが、こいつは抜けぬけと舞い戻って来やがった。化け猫か大蛇《おろち》みたいに、桁違いにしぶといところがあって、薄っ気味が悪りいや」

「とにかく、ここへは置いとけねえ。監督やほかの職方の手前もあるしな。こんなていたらくの人間にのさばられたんじゃ、現場の示しがつかねえ。もう一度どこかへ置いて来い。

因果を含めて聞き入れる爺いでもねえから、捨てっちまうよりほかはねえ。養老院でもありゃ、うめえんだが……」

「養老院なんぞで涎《よだれ》たらして、ひなたぼっこでもしながら神妙に余生を送る、そんなしおらしい玉じゃないぜ、こいつは」

「木更津《きさらづ》あたりじゃどうだろう。いくら何でも、あそこからじゃ歩いちゃ帰れめえ」

それで矢野と松田は再び、半日がかりで、眠り呆《ほう》けた老人を車に載せて、木更津まで捨てに行きました。酔いどれの行き倒れと見せかけるためか、それとも、同じ人間を二度も遺棄するという、あまり寝覚《ねざ》めの良くない行状に対する罪滅ぼしのためか、この若い二人組は、木更津の港に老人を置いて去るときに、その懐に一升瓶を一本抱かせて来たとのことでした。


それはさておき、今や現場の中は、戦場さながらの喧騒にあふれていました。連日のようにに鉄筋やパイプやベニヤ合板、角材などの資材を満載したトラックがやって来ます。それを降ろしたり、加工したり、組み立てたりする多くの職人たちが、足繁《あししげ》く場内を行き交います。

私たちの構内の道路造成作業も順調に進捗していました。三時ごろになって、U字溝を積んだトラックがやって来ました。このU字溝が、新しくできた道路の両側の排水用側溝材料であることは私にも察しがつきましたが、どこに降ろしたものやら見当がつきませんでした。監督に指示を仰ごうと思っているところへ親方がやって来て、自らその場所を指示して、皆が荷台から降ろすのを見守っていました。

そこへ一台のパトロールカーがやって来ました。一人の巡査が降り立ち、こちらへ歩み寄って来て、言い放ちました。

「遠藤さんているかね？」

「遠藤はあっしですが……」

親方が怪訝《けげん》な面持《おもも》ちで巡査を見つめました。

何か悪い予感にでも襲われたものか、親方は、巡査がわざわざパトロールカーで自分の現場に乗り込んで来た用向きが何かとは、こちらからは言い出せずにいました。しかし、巡査の口調は、親方が緊張に身を引きしめるほど険《けわ》しくもなければ、慌《あわ》ただしくもありませんでした。むしろ警官の表情には、大したものではないが、さりとて等閑《とうかん》に付す訳にも行かない、いやな任務からやっと解放される安堵感が多分に漂っていました。

「金原《きんばら》銀二って、あんたとこの人間かね?」

「金原銀二……」親方は首を傾《かし》げました。

「誰です? うちにゃそんな人間はいませんぜ。もっとも、中にゃ偽名を使ってる奴がいるかもしれねえ。吉田茂だの、長谷川一夫だの、東郷平八郎だのって、ふざけた名前、使ってるのが前にゃいたっけが……。で、その金原銀二ってのが何したってんです?」

巡査は、入り口の十メートルほど手前に停車しているパトロールカーに手を上げました。するとと運転席に残っていたもう一人の警官が降り立ち、後部座席のドアを開け、中から一人の男を引っ張り出しました。皆は、あっ、と声を上げました。それは今朝《けさ》がた、矢野と松田が木更津の港に捨て去ってきたはずの、酔いどれ老人でした。

「こいつだ……」最初の巡査は、老人の肩を摑んで前の方に押しやりました。

「本人は、あんたのところで、もう五年も働いていると言っているんだがね」

誰もが言葉を失って、馬鹿みたいに突っ立っていました。老人はすでにへべれけで、巡査に支えられて立っているのがやっとでした。

「こいつが何やったんですか……」親方があえぐような声を出しました。

「無銭飲食だ」ずばりと警官は言いました。

「だが当人は、あんたのところへ行けばちゃんと払ってくれると言っている」

「一体、どこで無銭飲食やったんです？」

「木更津さ」

「で、あの、わざわざ木更津から送り届けてもらったんで？」

「仕方がないだろう。我々もいい気な極楽《ごくらく》トンボにあっちこっち引き回されるほど暇《ひま》じゃないんだが、何しろ当人はあんたの苗字と、現場が姉ヶ崎の埋立地にあると以外、金輪際《こんりんざい》何一つ喋《しゃべ》らんのだから、面倒でも何でも、とにかく乗せて来るより手はなかったんだ。本来なら、あんたの方で引き取りに出向いて来るのが筋なんだ」

「おっしゃる通りで、まことに面目次第もございません」

「まあ、それはいいさ。とにかく、飲み食いした分、払ってもらえるかね。店の方から被害届も出ていることだし……」

「いくらです」

「二千五百円とか言ってたっけ」

「あっしが払わなければ、どうなるんです？」

「爺さんには気の毒だが二、三日、警察へ泊まってもらうことになる」

「金は払います。だが、こいつの始末は旦那がたにお任せします。留置場へでもどこへでも、好きなだけぶち込んどいてください」

「金を払うんなら、留置場へ入れる訳にはいかんよ。ちゃんとここに置いて行く」

「爺さん！」思わず、かっとなって親方が声を荒げました。

「こりゃ全体どういうことなんだい。何の真似《まね》だ、えっ！　お前、何様のつもりでいやがるんだ。お前がここでやったことと言や、酒食らって、酔っ払って、寝小便たれたぐれえのもんじゃねえか。たった一度だけ、割り石運ぼうとして、三歩と歩かねえうちに引っくり返ったことがあったっけ。あれだって、とても二千五百円がとこの日当にゃならねえぜ」

「払うのかね、払わないのかね」じりじりして、巡査が親方に詰め寄りました。

「払います」親方は仏頂面《ぶっちょうづら》を巡査に向けました。巡査も気色《けしき》ばんで来ました。

「それじゃさっさと払ってくれ。こっちは忙しいんだ」

むっとしたまま、親方は巡査に二千五百円を渡しました。

金を受け取ると、パトロールカーは老人を残して、明らかにスピード違反と思われる猛スピードで走り去ってしまいました。

「爺さん……」新たな怒りに捉えられて、親方は老人を睨みつけました。

「お前、どういう料簡《りょうけん》なんだ。人を何だと思ってやがるんだ。えっ！　この世の中はな、はばかりながら、仕事もしねえで、好きな時に、好きな物を、好きなだけ、ただで飲み食いできるほどおめでたくはできてねえんだ。お前ときた日にゃ、二十歳《はたち》の悪餓鬼どもよりなお始末が悪りいや。へんな猿知恵がついてるだけにな。おい、こら、聞いているのか……」

老人は強風に翻弄される奴凧《やっこだこ》みたいに、左右にふらふらと上体を揺らめかせながら、どうにか安定を保っていました。

「もう一度聞くがな……」どうにも腹の虫がおさまらないらしく、親方は老人の鼻先に自分の顔を突き出して、がなり立てました。

「ぜんたいお前にゃ、酔っ払って、寝ぼけるより何の能もねえのかい。その手でやれることは一つもねえのかい。こんなチンケな真似して酔うんじゃなく、ちゃんと働いた金で、いい気持ちで一杯やろうって気にゃならねえのかい。若けえもんの話によると、お前むかし、タコ部屋の人夫頭やってたこともあるってえじゃねえか。だが今のお前にゃ、勇ましいサムライの面影《おもかげ》なんざ、薬にしたくともありゃしねえ。お前、ほんとに焼きがまわっちまったのかい……」

「親方……」突然、老人の躰の揺れがぴたりと止まって、彼は地の底から湧き出るような低く、唸りに似た声を出しました。

「なっちゃいねえ。からっきしなっちゃいねえ」

「何がなってねえんだ」

「今の若けえ奴らのやることたあ、ありゃ仕事なんてしろものじゃねえ。お姫様の砂遊びだ。殿様の土いじりだ。阿呆らしくて、とても見ちゃいられねえ。おいらが親方張ってるんなら、あんならちもねえ仕事なんぞに、鐚一文《びたいちもん》払うこっちゃねえ」

「へえ、こりゃ恐れ入った土性骨《どしょうぼね》だわさ……。で、爺さん、お前、何もしねえで、えらそうな御託《ごたく》並べて……それでいくらもらえば気がすむんだ」

「おいらに樫の棒一本握らしてみねえ。一発どてっ腹に見舞えば、あばら骨の二、三本がとこ、めりめりへし折れそうな頑丈な棒をな。血へど吐くほどこき使って、今の三倍は仕事のはかを行かせて見せるよ」

戦前戦後の暗黒の時代を、陰惨酷薄の世界で生き抜いて来たこの老人が、抑揚の乏しい胴間声《どうまごえ》で、私たちの仕事ぶりを、お姫様の砂遊びと罵倒したとき、誰もが感じたのは、老人に対する猛烈な反感、憎悪であるより、一種の狼狽であり、恐怖でした。

この老人や親方の厳格な目から見れば、自分たちはまどろこしいほど緩慢で、内容の乏しい仕事しかしていないのではなかろうか。そして自分たちの鼻持ちならない稚拙な仕事ぶりは、親方の苦々《にがにが》しい寛大さによって、やっとのことで黙認されているに過ぎないのではなかろうか。

が、この私たちの不安と動揺を救ってくれたのは他ならぬ親方でした。

「今は時代が違うよ」と言い切る親方の口吻《こうふん》には、現在より三倍儲けることのできた時代に対する憧憬や旧懐の念よりも、皆で和気藹々《あいあい》と働く、自由闊達《かったつ》の気風を愛する傾向の方が濃厚に反映されていました。

だが陰鬱《いんうつ》な老人は、自分の主張を曲げませんでした。

「人間なんて恩知らずの餓鬼《がき》、畜生だ……」と言い張るのです。

「甘やかせばいい気になって、どこまで付け上がるか知れたもんじゃねえ。その同じ人間が、ちょっと手綱《たづな》を引き締めさえすりゃ、金だ女だ、酒だバクチだ、カゴだ提灯《ちょうちん》だと利いた風な御託を抜かす口をぴたりと貝みたいに閉ざして、ただ一個の握り飯、柄杓《ひしゃく》一杯の水にありつくために、樫の棒の打擲《ちょうちゃく》にもちゃんと耐えられるんだ」

「だが俺んとこじゃ、そんな物に用はねえ」親方に動ずる気配は微塵もありませんでした。

「日本全国どこへ行ったって、人間を牛馬みたいに棒切れで小突き回す現場なんざありゃしねえ。もうお前の時代は終わったんだよ、爺さん」

「昔しゃパワーショベルだの、レッカー車だの、コンクリートミキサーだのって、くそいまいましいものなんざありゃしなかった」老人はなおも続けました。「ろくでもない機械ができたおかげで、本物の人足なんていなくなって、なまっ白《ちろ》い、ふやけた、へっぴり腰の、人足だかサラリーマンだか訳の分からねえ、ふざけた野郎どもっきゃいなくなった。昔はどんな深い穴《ピット》でも、広い溝でもツルハシ振るって、スコップ刺して、汗水流しながら掘ったもんだ。五リューベでも十リューベでも、コンクリートは手で練ったもんだ。今日日、コンクリートの一リューベでも練らした日にゃ、どいつもこいつも腰抜かして、三日も使いもんにならなくなっちまう。なっちゃいねえ、てんからなっちゃいねえ。情けなくて泣けてくらあ」

「もういい、爺さん。これ以上お前の世迷言《よまいごと》聞いてたって始まらねえ。パワーショベルけっこう、ミキサー車けっこう。レッカー車これまた大いにけっこうじゃねえか。世の中、変わったんだ。自由なんだ。いやなら、こんなに骨の折れる、危なっかしい、泥まみれの仕事なんぞやらねえでいい自由ってもんが誰にもあるんだ。もっと楽に、安全に、小ぎれいなおべべ着て稼げる仕事はいくらでもあるんだ。いま時、樫の棒なんぞいい気になって振り回されたんじゃ、ただでさえ少なくなった人夫が、もっと減っちまわあ。どんどん機械でもこさえてくれねえことにゃ、おっ建つ家も建たなくなるし、できる道路や橋やトンネルだって、できなくなっちまわあ。棒切れ振り回して人を働かせるなんて昔の夢を追ってるんなら、そんな者のいる場所は爺さん、ここにゃねえから、どっかよそで使ってくれるところを探しな。多分、無駄だと思うがね……」

「……」

「それにしたって、いくら困ったからって、無銭飲食とはあんまり情けねえぜ。芸がなさ過ぎるぜ。やるんなら強盗か、恐喝《きょうかつ》ぐらいの、活きのいいのをやんなよ。そうすりゃ、ちったあ筋金の入った人間ができて、お前みたいに、立ち腐れのトウモロコシみたいにうらぶれた生き方はせずにすむ。もっとも、そのていたらくじゃ、強盗なんぞやらかそうたって、どだい無理な相談だな。人間、気合ってもんがなけりゃ、いいこと、悪いこと、何ひとつできやしねえんだ」

「……」

「爺さん、おめえ、まだそうやって立ってられるんだから、もうひと踏ん張りすりゃ、一輪車ぐらい押せると思うが、どうだい。できる仕事やってりゃ、俺らあちゃんと日当は払う。やれる仕事をせっせとやってる人間に向かって、そいつがちっとばかし年食って、動きがのろいからって、おれはそれにつべこべ文句は言わねえし、誰にも文句は言わせねえ」

「……」

「それとも、ほら……五千円ある。これ持って、どっかよそに気に入ったところを探しに行くかい？」

親方は五千円札を一枚、老人の前に突き出しました。半分眠っていたように閉じられていた老人の双眸《そうぼう》が、金を前にして一瞬光を放ちました。

「五千円だ、悪くねえだろう。やっかい払いにしたってよ」急に峻厳さを帯びた顔で、親方は老人の汚らしいポケットに紙幣を捻《ね》じ込みました。

老人がちらりと親方の目を見つめました。驚きと疑いでほんの瞬間、老人の酔いは消え去りました。すかさず親方は付け加えました。

「やったものを返せなんてケチなこたあ言わねえから安心しろい。だが忘れねえでくれよ。何も仕事してくれねえお前に、もうかれこれ一万円使ったんだぞ。これだけ稼ぎゃ上出来だろうが。もっと欲しけりゃ、よそへ行ってやんな。たまにゃ、酒一杯にさえありつけねえで、犬ころみたいに叩き出されることもあるだろうが、でも爺さん、恨んじゃいけねえぜ。お前の生きざまもなっちゃいねえ。おーい……」親方が一段と声を張り上げました。

「みんな、時間だぞ。U字溝を降ろし終わったら、本日の作業終了だ」

一人でじっと佇《たたず》む老人を残して、とっくにU字溝を降ろし終わった皆は、それぞれスコップや鋤簾《じょれん》を担いだり、小脇にして、そそくさと引き上げて行きました。

道具をしまい終えて、食堂の脇の風呂場で手を洗っていると、老人が千鳥足で現場から遠ざかって行くのが見えました。そして、二度と姿を見せることはありませんでした。

鋭く親方が見抜いたように、この老人は、厄介払《やっかいばら》いの捨て金でしか命脈を保ちえないまでに、ぎりぎり追い詰められた生活をしていました。その捨て金にすら、どこでもありつけるとは限らない厳しい世情のことを思えば、彼がふらつく足でどこに向かったにしろ、その行き着く先ははっきり見えていました。「野垂《のた》れ死に」は、まだ死語ではないのです。

三

でも翌朝になると、もう誰もこんな老人のことなどけろりと忘れ去っていました。他人の行く末などに気をまわしてはいられない、それぞれの仕事が全ての者を待ち受けていました。

　それから一週間が過ぎ、道路造成の目処《めど》が立ち、今では二十人に増えた人夫の半分をそちらにまわし、残り半分で、私たちは管理棟の基礎工事にかかりました。私も西昌三郎も、矢野も松田も、今では三人一組、あるいは五人一組、日々作業内容によって異なりながらも、とにかく何人かで編成される班の班長みたいなものになっていました。

「わし、人にあれせい、これせい、命令がましいこと言うの好かんのや」「人に指図《さしず》するより、指図される方が性《しよう》に合《お》うとるのや」「きついこと言うて、張り倒されるんやなかろうかと思うてはらはら、どきどきの連続や」

　いろんな泣き言、弱音《よわね》を吐いて、最初のうちは班長になることにしり込みして、班長用の白線の入ったヘルメットをどうしてもかぶろうとしなかった西昌三郎も、親方や監督から尻を叩かれて、しぶしぶながらも、憎まれ役でもあれば、作業の牽引者《けんいんしゃ》役でもある班長を引き受けました。引き受けてからも、時折り彼は浮かぬ顔をして、突拍子《とつぴようし》もないことを言い出すのでした。

「人間は平等なんやろ。班長、職長て身分の差つけるの、これ封建的や」

　本当に彼はそう思っているのかと訝《いぶか》りながらも、私は言ったものでした。

「あんたが班長になって、自分は偉くなっただなんて巫山戯《ふざけ》たことを一度でも思ったとすりゃ、そりゃ封建的だよ」

「とんでもない」彼は狂暴な熊ん蜂でも追い払うかのように、大仰《おおぎょう》に右手をぱたぱた打ち振りました。

「偉ろうなったやなんて、誰がそんなこと思うかいな。滅相もないこと言わんといてえな」

「なら、別に班長なら班長でかまやしないじゃないか。これだけでかくなった現場で、これだけ多くの人間が自由だ、平等だというんで、てんでに好きな仕事を、気の向くままにやってみなよ。柱一本、壁一枚、永久に立ち上がりゃしない。やはり職務を分担して、一定の計画に従って、整然と作業を進めなければならない。そうした手順を見守る責任者、つまり班長や職長を定めること、それと人が平等であることはちっとも矛盾しない。そうだろ」

「哲学的に言や、なるほど、せやな」

「別に哲学的でも何でもありゃしない。誰もが暗黙のうちに了解している、ごくありきたりの作業原則さ」

「いや哲学的やわ。論理明快やわ。わし感心するで」

この、すぐ何にでも感心、驚嘆したがる西昌三郎の習性が、ともすると萎《な》えがちな、彼の班長の職務を全うするのにずいぶん役立ちました。少しでも目覚しい仕事ぶりを見せる者や、該博《がいはく》を示す者を西は臆面もなく、むやみやたらと誉《ほ》めそやしたり、称《たた》えたりするので、相手は本当に喜んでいいものか、皮肉、厭味《いやみ》と受け取って腹を立てたものか、一瞬判断に迷うのです。

西は本当に感心し、何の底意もなく称賛しているのですが、それが余りに大げさで、深い情感に満ちているので、相手は、西の、腹《はら》に一物《いちもつ》置いた擬態ではないかという警戒心を抱くことなしには喜べないのです。そして警戒心を抱かせるということは、別な意味では、恐れられるということでもあった訳です。それがために、しきりと彼が連発する、「わしはトウシロウなんや。仕事のこと、何も分からへんのや」という謙遜だか本音《ほんね》だか分からぬ言葉も、そのまま百パーセント信じられるということは決してなかったのです。場合によっては、謙遜どころか当てつけ、牽制《けんせい》、批難と解釈されることさえありました。

彼が口で言うほど仕事のことを何も知らない訳ではなく、時には、駆け出しとはとても思えない、心得た働き振りを見せるがために、なおのことそうでした。煮え切らない言い方、持って回った言い方など決してせずに、およその者なら言葉を濁したり、口ごもったりする言いづらいことも、歯に衣着《きぬ》せず、あけすけに言ってのける西昌三郎は、時には小うるさい奴、無神経な奴と嫌がられたり、煙たがられたりしながらも、相対的には親方や監督の並々ならぬ信頼を獲得していったのです。

そしてその信頼を断じて鼻にかけることなどなく、いつ見ても均整を欠いた、間延びした顔に微笑を浮かべて、奇妙な抑揚の関西弁を使って、まめな小商人《こあきんど》よろしく、現場を駆けずり回っている彼は、同時に人夫たちの信用も手に入れたのでした。

しかし、この現場で手に入れたものは有形、無形のもの、一切合切《いっさいがっさい》手放さなければならない時が訪れました。一ヶ月契約の満期日が訪れたのでした。最終日の作業終了を数十分後に控えて、いよいよ本格的になって行く現場を見渡しながら、西昌三郎が言ったものでした。

「これだけの仕事残して帰っていくの、何や知らん、トンビに油揚げさらわれるみたいで、えらい侘《わび》しい気分やな」

私もまったく同感でした。

「大将、もそっとやっていく気いない？　あと十日か二十日。かめへんやろ」

「大歓迎さ。この現場が終わるまでいたって構うこっちゃない」

「ほな、もっと延ばす?」

「俺は延ばさんよ。今日、帰る。待ちに待った満期日だ。一日だって延ばすこっちゃない」

「えっ、もうやらへんの? これでしまい?」

「これでしまいさ」

「ほんま、これっきり?」

「これっきりだ」

「ほんまのほんま? 今日、帰るん?」

「ああ、帰る」

「トンビに油揚げさらわれる気いせえへん?」

「する」

「ほな、やったろやんけ」

「別にあんたが居残るのに、俺は何の異存もない」

「わし、大将の言うこと、よう飲み込めんわ」

「要するに、俺としちゃ、夕メシ食って、金、精算してもらって、東京行きの電車に乗る。それでこの現場ともおさらばさ」

「何か気にいらんことでもあるの？」

「何もない。こんな働きやすい現場はざらにはない」

「ほれでも東京へ帰るん？」

「帰る」

「分からんな、ちっとも分からん」

「とにかく、俺は帰るよ。あんたは残って続けりゃいい」

「大将やらんのやったら、わしもやめや。大将と一緒やったから、わし、今まで辛抱《しんぼう》でけたんや。わし一人やったら、とうにケツ割って、逃げ出しとったかもしれん」

「逃げ出さなかったかもしれない。逃げ出せなかったかもしれない。逃げ出すはずがなかった。そうだろう？　ひと月前、ここへやって来た日の、雪の降りしきる百人町の『溜まり場』で、あんた何と言ったと思う？　明日仕事にありつけなかったら、掻っ払いでもやるつもりだと言ったんだぞ。実際にやったかどうかは別にしても、そんな破れかぶれの心境になるほど切羽《せっぱ》詰《つま》っていたことは事実だ。してみると、やっとありついた仕事を、ケツ割って逃げ出すゆとりなんかありゃしなかったんだ。だから、あんたは一人でだって、ちゃんと今日まで続けたさ」

「ひひ、残念でした。わしの心は理屈で動くのんとちゃうのや。感情で動くんや。わし、一銭の金のうても、いやな仕事なら、平気で途中で逃げ出してしまうんや」

「そしてどうするんだい？」

「どうにもこうにもしゃあないから、掻っ払いやるんやわ」

「その行く先は？」

「言わずと知れた刑務所や。大将、ム所暮らしの経験は？」

「幸か不幸か、まだない」

「ほな、ム所暮らしで一番肝心なことが何かも知らん訳やな」

「知らんね」

「一番肝心なことは、刑務所に馴れるこっちゃ。刑務所を好きになること、もっと高尚な言い方をすれば刑務所を愛することや」

「そんなことができるのかね？」

「なかなか……、それが悔《く》やしゅうて、残念で……」

「悔しい？　本気かい？」

「わし、何かとんちんかんなことは仰山《ぎょうさん》言うたかもしれんけど、心にもない嘘だけはついたことないわ」

「刑務所暮らしを愛せぬことを悔やむ心理、俺には不可解以外の何ものでもない」

西は何かを思い惑うかのように、ちらりと視線を宙に漂わせ、それからじっと私を見詰めました。

「溜まり場」に参集する者が服役の体験者であることは、少しも珍しいことではありませんでした。しかし、よくよくのことがない限り、それを口外するなどということはありませんでした。自分が前科者であること、それは誰にも知られたくない汚点として、むしろひた隠しにするのが常でした。西が一瞬視線を宙に走らせたのも、服役囚であったことの経験を口にして、それがために不利を招くようなことになりはせぬかと素早く計算したがためにほかなりませんでした。

しかし彼が意を決したかのように言葉を継いだことからすると、告白が不利をもたらすことはないと踏んだものと思われます。あるいは計算ずくではない、彼特有の奇妙な動機があったのかもしれません。

「刑務所いうところは……」彼は決然と言い放ちました。

「いったんその中に入ったが最後、冤罪《えんざい》で無罪になるか、仮釈放や恩赦《おんしゃ》にでもならん限り、刑期が満了するまで絶対に出られへん。これ分かるやろ？」

「分かる」

いつかダム工事現場で一緒に働いた殺人の服役経験者の告白とはずいぶん違うな、と思いました。何をやったにしても、この西昌三郎が殺人者であるはずがないとも思いました。

「娑婆《しゃば》がれっきとした堅固な世界なら、刑務所もまた独自の習慣や秩序を持った磐石《ばんじゃく》の世界なんや。娑婆で平穏、幸福に暮らそう思うたら、娑婆の仕組みやその中の人間を愛さんならんように、ム所で心地よう生きてこ思うたら、刑務所の構造や慣わし、刑務所の人間を好きにならなあかん。分かるやろ？」

「分からんね……」

「簡単な理屈やがな……」彼は私の無知、無理解ぶりを憐《あわ》れむ、と言うより咎《とが》めるかのように、変なふうに言葉に抑揚をつけました。

「分からないものは分からない」私は少しむきになりました。

「刑務所で心地よく生きようと思ったら、と今あんたは言ったが、そもそも、そんなことを思う人間がいるのかね。第一、そんなことを思うことができるのかね。誰にとっても刑務所は、入るはずじゃなかった忌《い》まわしい、二度と行きたくない呪《のろ》わしい世界じゃないのかね。また、そう思わせてこそ、刑務所は刑罰執行機関としての予防的、報復的、矯正・教育的役割を十分に果たすことになるんじゃないかい」

「青書生向けの教科書では、なるほど刑務所いうところはそういう理想、理念に満ちた場所やろし、そういう機能、役割を持っとるのかもしれん。ところが現実にはやな、大将、出たり入ったり、入ったり出たり、人生の大半を刑務所で暮らす人間かておるんやで。一度入ったら、また行きとなる。二度入ったら、三度入りとうなる。これが刑務所のほんまの姿や。一度でもム所のメシ食うたもんは、娑婆じゃどうも尻がむずむずして落ち着かんで、刑務所に帰って、やっと居場所見つけて、ほっと安堵の溜め息を洩らすんや」

「そいつはよくよくの酔狂者か、変質者に違いない」

「せやろか……」西が気抜けしたように言いました。

出来の悪い生徒にこれ以上教えるのは無駄だと見限った教師の、どこか突き放したような冷淡さが今や西から発散しているように思われました。

「入ったことのないもんに、刑務所のことは何も分からんやろな。やっ、みんな道具片付け始めよった。作業終了や。契約満期や。大将、行こ」

受刑者の心理を理解できないことよりも、西昌三郎の取り澄ましたよそよそしさが癪《しゃく》にさわって、と言うよりも、侘しいものに思えて、私は思わず心にもないことを口走ってしまいました。

「もう少しあんたの話を聞きたいな。そのためだったら、必要なだけ満期を延ばしてもいいって気になってきた」

「残念やな……」西の表情は、今まで通りの間延びした、悪気のないものにもどっていました。

「何日間も耳傾けてもらうほど、わしの話は長くないんや。ほんまのこと言うたら、わし刑務所暮らしは金輪際ご免や。ム所に入らんですむなら、どないなつらい土方仕事かて喜んでやるわ。どないにしてでも娑婆にしがみつきといたいと思うわ。ところが、そないに思うときが一番の危機なんや。娑婆がいとしくてならん、まさにその時に、刑務所がわしに早よ来い、飛んで来い言うて、しっつこう手招きしよるんや。お前のほんまの正体、それは小心者でも、怠け者でも、裏切り者でもない。ほんまのお前の正体は罪人《つみびと》や。罪人の住処《すみか》は娑婆やない、刑務所や。刑務所こそがお前の終《つい》の住処や言うて、招きよるんや。どないなことになっとるんか、死んだ女房、子供らしいものまでも一緒になってな……。わし、列車に轢《ひ》かれて死んだ女房、子供、恐ろしゅうて、よう見なんだわ。今ごろになって、よう見とけば良かったと思うわ。ほしたら、刑務所のわしの監房に現われる女が、果たして死んだ女房かどうか、時折り思い惑うこともないやろからな……。大将、さ、引き上げよか。わしの話、支離滅裂になってきよったやろ。何も満期延ばして聞いてもらうほど大そうな代物《しろもの》とちゃうわ。でも、ぎりぎり最後のところ言わしてもろたらやな、もし、わしがほんまに正真正銘の罪人《つみびと》やったら、わしのいるところは娑婆なんて勿体《もったい》ないところやなしに、牢獄いうことになるやろ、な、そうなるやろ？　ほしたら掻っ払いやること、掻っ払いだけやのうして、何か刑法に触れるようなことするの、これ、わしの義務というより、権利いうことになるんやわ。ちゃうか？　せやろ？」

奇妙な理屈でした。けれども悪のための論理としてなら、一応の筋は通っていました。突然、私はこの西昌三郎のようなものでも悪人たりえるのだということに思い当たりました。人は望みさえすれば、誰でも悪人たりえるのです。悪など犯しそうもない面貌や、考えを持っていてもです。それでも言下に私は、西の言葉を否定しました。

「いや、そういうことにはならない、とパウロが聖書の中のどこかで言っている。どこで言ったか、何を根拠にそう言ったか、忘れてしまった」

忘れた、と言うより、余り注意して読んでいなかったのです。後日確かめたところ、パウロは次のように言っていました。

――律法が入り込んで来たのは、罪が増し加わるためでありました。しかし、罪が増したところには、恵みはなおいっそう満ちあふれました……では、どういうことになるのか。恵みが増すようにと、罪の中にとどまるべきだろうか。決してそうではない

――（ロマ書五20・六1・六2）

聖書を持ち出したからという訳でもないでしょうが、しかし西は突然うんざりしたような声を出して、会話をうち切ってしまいました。

「あ、えらいこっちゃ、パウロがでてきた。おまけに日も暮れてきた。何で罪人の話なんか始めたんやろな、しょうもない。さ、大将、行こ。もう現場の中、誰もおらんようになってしもた」

夕食を終わって、二階の大部屋で帰り仕度をしていると、矢野が我々に挙手の敬礼をして「お勤めご苦労さんでした」と頓狂《とんきょう》な声を上げました。

松田は松田で飄軽《ひょうきん》に、「満期おめでとうございます」と、深々と頭を下げました。歯ブラシやタオルを風呂敷に包み込んでいた西昌三郎が照れくさそうに、にっと笑いました。

「あんたらも、もうひと踏ん張りやんけ」

「西昌三郎に日高……」親方が階下で呼ばわりました。

「金やるから、食堂に下りてこい」

「大将、行こ」西がそそくさと立ち上がりました。

食堂では親方が、テーブルの上に何かの書付を照合しながら、金を勘定しているところでした。

「親方さん、参りました」アルミの引き戸を細めに引き開け、西が首を差し入れました。

「おう、入れ」真向かいに西と私が腰掛けるのを待って、親方は切り出しました。

「お前たち二人とも、一ヶ月間、一日も休んでねえな」

「へえ、休んでません」

「うん、感心なこった。なかなかどうして、二人ともよくやるじゃねえか。そら、西昌三郎、お前は四万五千円。日高、お前には部屋代とか何とか言って一万二千円、前貸しがしてあったたっけかな」

「確かに」

「うん、じゃ残りの三万三千円。二人とも差し引きの金がタバコ、ジュース、袋菓子の諸式、数千円ずつあるが、これはご苦労賃にくれてやる。それから、この一万円は車代だ、二人で分けろ」

「おおきに」私が手にした車代の一万円を素早く目の隅《すみ》に入れて、西がぺこりと頭を下げました。

「ところで日高……」親方が表情を改めました。「お前、U字溝を入れたことがあるかい？」

「あるよ」

「なら話は早えや。先だってトラックで運んできたろうが……。あいつを全部、新しく作った道路の両側に入れっちまわにゃならねえ。どうだい、西昌三郎と二人で組んで、請負《うけお》いでやらねえかい。一メートル、千百円出すぜ。二人で組んでやりゃ、一日に一人あたり五、六千円にはなるぜ」

十日やって、ざっと五万、二十日で十万、ひと月で十五万という数字が矢のように脳裏をかすめ抜けました。

「二人で一ヶ月もありゃ、やっつけられるだろう。それが終わる頃にゃ、その倍くらいの仕事が出てくる。稼ぐなら今だぜ」

確かに金を手に入れるには、絶好の機会でした。しかし、私は返事をしませんでした。親方も強いて私の態度の決定を促すことはしませんでした。

「こんな野っ原で、まるひと月も働いていたんだから、おめえたちが娑婆の風に当たりたくて、うずうずしてる気持ちはよく分かる。二、三日息抜きしたら、帰ってくりゃいいよ。四、五万のはした金なんぞで殿様気分になって、きれいに使っちまうまで仕事しねえで、またぞろ無一文から出直しじゃ、しょうがあんめい」

思わず西昌三郎が、にっと笑いを洩らしました。

「え、そうだろうが、西……」親方が、きっと西を見据えました。

「お前たち貧乏人の悪いところは、たまに金を握ると、天下でも取った気分になって、鐚一文なくなるまで働かねえってことだ。どうして半分くらい残しといて働く気にならないのか、俺にはちっとも分からねえ」

「わしにも分かりません」

「だがな、じっと我慢の子、亀の子で何ヶ月か辛抱して三、四十万まとまった金を持てば、勿体なくて、そう馬鹿みたいな使い方はできなくなる。次への希望も湧いてくる。ここ一番、歯を食いしばって辛抱する気にゃならねえかい。どうだ、西昌三郎」

「この二、三年、十万以上の金見たことありませんわ。ほんま十万握ったら、わし食うもの食わんと、もっと増やす気いになるかもしれませんな」

「それに、おめい、真面目に働くってこたあ、それでまんまが食えるというだけじゃなしに、もっと深い意味があるんだ。違うか、西昌三郎」

「いいえ、違いません。労働は神聖です」

「うん、労働はその……つまり、労働は神聖なんだ。お天道様《てんとうさま》と一緒に起き出して、お星様にお休みを言って安らかに眠る……おめい、何だかんだともっともらしい御託を並べたところで、これに勝るまっとうな生き方は、どこの世界を血眼《ちまなこ》になって探したってあるもんじゃねえ。銭金《ぜにかね》いくら積み上げたところで、のらくら者どもにゃ、真っ正直な労働者の半日分の喜びだって買えるこっちゃねえんだ。俺は間違ってるか、西昌三郎」

「滅相《めっそう》な。親方はまるで高徳博学な坊《ぼん》さんみたいに世情、人情の機微に通じとられると思います。ほんま、ろくでもない不眠症や神経衰弱やヒステリーは薬じゃ、医者じゃ、梯子《はしご》じゃ、提灯《ちょうちん》じゃとけったいな騒ぎを始める前に、ツルハシのひと振りもすれば、けろりと治るのんとちゃいますか。精神病の、神経症のて、人間が横着、無精《ぶしょう》になってもうて、自然天然の生き方を忘れてもうた覿面《てきめん》の罰や思いますわ」

「うん、とぼけた顔をしているわりにゃ、お前はまともなことを言う。お前らはいざ働き出せば誰より真面目なだけに、まんざら捨てたもんでもねえ。清ちゃんや監督連中もすっかりお前たちを気に入ってるしな。ところで日高……」親方が私に目を向けました。

「U字溝入れの仕事、やるか？」

「考えてみるよ」

「考える？　何をだい？　必要な道具は全部揃ってるぞ」

「金は欲しいよ。でも、今はコーヒーが飲みたい」

「コーヒーなんざ、ここにいたって飲めらあな。それとも何かい、どんぶり鉢で飲むインスタントコーヒーなんざ、ありゃコーヒーじゃねえとでも言うのかい。きれいな姐《ねえ》ちゃんがいれてくれる、しゃれた喫茶店で飲むコーヒーでなけりゃ、飲んだ気はしねえって言うのかい。それも良かろうさ。ま、いつまで話してたって切りがねえ。とにかく、帰るんなら、帰って来い。三日間だけ待つ。日高、三日ありゃ、考えられるだろう？」

「うん……何しろ、コーヒーが飲みたい」

「親方さん、お世話になりました」西が腰を上げました。

「ああ、二人でよく相談して、きっともどって来るんだぞ」

「へえ、でも今のところ、心は競輪場ですわ」

幽　体

一

西昌三郎と肩を並べて、五井駅行きのバスの停留所へ向かいました。

親方は車代に一万円くれましたが、タクシーなんぞに何千円もかけるのは勿体《もったい》ない気がしたので、二人で五千円ずつ分けて、バスに乗ることにしたのです。

バスの中で、置き忘れたか、読み捨てにしたかのスポーツ新聞を空席に見つけた西昌三郎は、すぐさまそれを拾い上げて、競馬や競輪、競艇、オートレースなどの記事、記録を満載した頁を広げて、目を皿にして読み始めました。

「ひと稼ぎしたら、大阪へ帰るはずじゃなかったのかい?」

わき目もふらずに読み耽《ふけ》っている西に、私はからかうように言いました。

「大阪？」彼は紙面から目を離しませんでした。

「大阪へは帰るわ。でも、五千円もあったら十分や。残りは全部、競輪へぶち込んだる。東京で今まですった分、残らず大阪へ持って帰ったる」

「多分、大阪へ帰る電車賃も注ぎ込むことになるんじゃないのかい」

「まあ、負けがこんで来たら必ずそうなるやろな。でも、ひょっとして、ぽんと一発大穴当てて、百万円になるかも……ひひ、この、ひょっとしてに何年も鼻面《はなづら》引き回されて……。馬鹿につける薬はない、とはよう言うたもんや。大将、ギャンブルは？　あ、あの雪の日に、そのこと訊《き》いたよな気いするな。何でも、やらん、言うてはったみたいやったな」

「二十通り、三十通りの組み合わせの中から、たったひと組の勝者だけを確実に当てる自信なんて、俺にはとても持てない。まるで狂気の沙汰《さた》だ。どぶには金を捨てられても、ギャンブルだけには金は出せない」

「絶対に当たらんと諦《あきら》めるんが難しいんやわ……」

西の口調は急に熱気を帯びて来ました。

「たまに当たる……これがあかんのや。やってもやっても絶対に取れんのやったら、阿呆らしなって諦める、ゆうこともあるやろけど、何十組の組み合わせがあっても、その中のひと組は必ず当たる。その当たりを必死で予想して、時には的中させられる……その味が忘れられんのや。取れないと諦めるまで、かなりやったんとちゃうの？」

「誘われて、面白半分《おもしろはんぶん》にやったことはあるよ。どうせ取れないと頭から決めてかかっている人間に、つきが回ってくるはずもない。儲《もう》かったことは一度もない。要するに、博才《ばくさい》がないんだよ」

「ギャンブルは博才の何のて、そんな大袈裟《おおげさ》なもんとちゃう」

「しかし、ギャンブルで家、屋敷、商売、家族の平穏、残らずつぶしちまう人間もどこかにいるってことを考えりゃ、賭博《とばく》は思ったほど単純でもない……。確かにこの世には、バクチにも似た不確実性、偶然性、意外性、僥倖《ぎょうこう》の潜《ひそ》んだ部分もなけりゃならない。世界をあっと言わせるような大発見、大発明が髪の毛一本ほどの偶然のお陰で達成されることもあり得る。それは人を興奮させる。熱狂させる。活気づかせる。だが、まぐれだけを当てにしても駄目だ。努力しただけの報酬は必ず得られる確実性の側面もなけりゃな」

「酒は駄目、ギャンブルはやらん。ほしたら……」西はいきなり小指を立てた右手を左右に揺らめかせて、にやりと笑いました。

「これ、一本槍《やり》やな」

「違うね」

「違う？　ほな、稼いだ金、何に使うん？」

「別に……」

「金たまってしょうがないやろ。銀行でも建てる気いかいな」

「働いたと同じか、それ以上の日数を休むから、金は絶対に貯《た》まらない」

「休んで、何しとるん？」

「何で人間、働かなければならないのか。雲や霞《かすみ》を食って生きるのじゃなしに、食物を食べてでなければ生きられないように人間が造られているのは何故か、その他もろもろのことを考えているよ」

西の冷笑を封じるには、「その他もろもろのこと」より「その他もろもろの、ろくでもないこと」と言った方が良かったかなと一瞬思いましたが、しかし西は決して笑い声を上げたりはしませんでした。それどころか、彼の口調は急にしんみりしたものに変わりさえしました。

「せやろな。人間、何か抜き差しならん真剣な問題しょい込んどらなんだら、是も非もなくせっせとまめに働くし、働いとったら、いやでも応でも物笑いの種、顰蹙《ひんしゅく》の的《まと》にならんでいいくらいの金なら稼げるもんな」

「……」

「あ、せや、大将……さっき親方さんの言うてはった、一日に五千円だか六千円になるゆう、U字溝入れの仕事な、あれ、ほんまやろか?」

「そりゃどういう意味だい?」

「ほんまに一日に五千円、六千円もの夢のような金稼げるんやろか?」

「U字溝を入れる道路の両側に、ガス管だの水道管だのケーブル線などの障害物が何も埋まっておらず、雨も雪も降らず、要するに万事、理想的に運べば、確かに五、六千円は稼げるさ。でも、必ずどこかで故障が起きてくる。まあ一日に四、五千円ぐらい稼ぐのが関の山じゃないのかい」

「それにしたって悪ない、せやろ?」

「悪くはないさ」

「それに、あの道路の脇に障害物があるとも思えんしな。まるで更《さら》の砂地やさかいに。むしろ、あんまり掘りやすうて、山が来るのが心配なくらいや、ちゃうか?」

「それでも五、六千円は無理だよ。U字溝が積んであるそばで仕事をやっているうちはいいが、だんだん奥へ進むにつれて、一個が十キロ以上はあるU字溝を運ぶ手間だって馬鹿にならん」

「でも、四千円にはなるんやろ？」

「なるさ」

「やる気は？」

「あんたはどうだい？」

「わしはやるにしても手元《てもと》（手伝い）ぐらいのもんや。大将がやらなんだら話にならん。でも、ほんま大将がやる気なら、わし競輪へ行かんと、今からあの現場へもどって、大将帰って来るの待っとるわ。二十万円あれば、わし何とか立ち直れそうな気がするんや。大将、こらチャンスやと思うけど、どやろか？」

しおらしい西の謙虚さと仕事への情熱を見て私も一瞬、やってやろうかと決心しかけましたが、その瞬間が過ぎ去ると、今度は岩みたいに固い拒絶反応が私の全身を硬直させました。

「あんたには悪いけど、俺にはやる気はない。親方の話を聞いているうちに、何度かその気になりかけたけど、もう今は再び帰る気は毛頭ない。これは俺の病気なんだよ。何かの拍子に、束縛されることがどうにも我慢ならなくなる。そうなると、再び無一文《むいちもん》になって、飢えにせかされるまで、仕事のために指一本上げる気がなくなるんだ」

「さよか……」西が拍子抜けするほどあっさりと言い放ちました。

「ほな、わしも中止や」

ここで愛想《あいそ》の一つも見せても、自分の損にはならないと私は思いました。

「二十万円で立ち直れる自信があるのなら、行って稼げばいいじゃないか」

すると彼は拗《す》ねたような声を出しました。

「わし、U字溝、どうやって入れたらええか分からんもん。何度か見て、要領は大体知っとるけど、でも、それと実際に自分の手でやるのんとは別問題や。せやろ?」

「一度もやったことがないんじゃな」

「無理やろ?」

「無理だな。うろ覚えの仕事に手を出して、あとで駄目食ったんじゃ、何にもならないもんな」

「助ける思うて、一緒にやってくれへん?」

一瞬、私は西昌三郎の顔を凝視しました。縋《すが》りつくような懇願の声音《こわね》とは裏腹に、馬のような大きな目には、何かを試みるかのような狡猾《こうかつ》な光が漂っていました。なまじいに愛想を見せたばかりに、それに付け込まれて、あとで臍《ほぞ》を嚙《か》むような苦《にが》い経験を持ったことのある私は、しかし、この西昌三郎に対してだけは、そもそも全然愛想を振りまく必要を感ぜず、一種の優越感みたいなものすら感じていました。

どこまでも自分を卑下し、自らを貶《おとし》めることのできるごく自然な性癖を持っているこの男と一緒にいると、誰でもいつの間にか彼に何らかの優越感を抱くようになるのでした。実際、底無しの彼の謙虚たるや、自分が今こうやって生きていられるのは貴君の与えてくれる無限の温情に浴していればこそなのだ、とでも言わぬばかりなので、人は自分が寛大な殿様か君侯《くんこう》にでもなった気がして、彼に対して尊大になり、言われなき優越感を抱くようにさえなるのです。

この優越感を振り払って、ちょっと愛想を見せたところが、「助ける思うて、一緒にやってくれへん」の哀訴です。

「あんたを助ける気などさらさらない……」私は断乎《だんこ》たる口調で言明しました。

私の語気に気圧《けお》されたかのように、西はまん丸く目を見開き、うろたえながら、歪《ゆが》んだ微笑を浮かべました。痛ましいほどの彼の狼狽《ろうばい》ぶりを見て、私はすぐさま後悔しました。

そして、あわてて付け加えました。

「俺にしろ誰にしろ、人を助けるなんておこがましいことなんぞできやしない」

西の狼狽はますます深まるばかりでした。

にもかかわらず私が語りやめなかったのは、彼の狼狽の奥に何か嘲《あざけ》りにも似た感情が揺らめいているのを認めたからにほかなりませんでした。実際、彼は薄笑いさえ浮かべていました。

「二十万円の金があれば、あんたは自分は立ち直れる、と言う……」私は激情に駆られて言い募《つの》りました。

「何から立ち直るのか知らんが、とにかく立ち直れるものなら、あんたはとっくに立ち直っていたはずだ。人の手なんか借りずにだ。早い話が、人の手なんか当てにしている限り、あんたは永久に立ち直れはしないよ。よく臆面もなく、助ける思うて、なんてことが言えるもんだ」

（ちくしょう、俺は何か馬鹿げたことを言ってるに違いない。でなけりゃ、この野郎がこんなに人を食ったにやにや笑いを浮かべるはずがない）と思いながら、私はさらに言い立てました。

「二十万円……少ない金じゃない。しかし、その気になりゃ稼げない金じゃない。本当にそれだけの額で立ち直れるのなら、人の助けを借りてでも欲しい金だ。しかし、あんたの願望は、叶《かな》えてやる気になどとてもなれない矛盾に満ちてるじゃないか。あんたはいつか言ったことがある。女房でも子供でも金でもとにかく、何かを持つのが自分は怖《こわ》くてたまらないってな。そんなあんたが、二十万の金を持って何しようってんだ。何ができると言うんだ。どうして、その金のために、当てにならない人の助けまで借りようってんだ」

西の顔から嘲りや薄笑いは消えて、それに代わって何やら苛立《いらだ》ちにも似た影が暗く浮んで来ました。そして、まるで刑事におのが所業の動機を自白する犯人さながらの神妙さで、彼は自分の真情とおぼしきものを吐露《とろ》しました。

「アパート借りるんや。釜ケ崎や、山谷、新宿のドヤ暮らし、もういややわ」

理由の定かでない優越感がぐっと頭をもたげて、私は高飛車《たかびしゃ》に出ました。

「アパートなんぞにおさまり返ってたんじゃ、刑務所を愛せるようにはなれんぜ」

「大将も人が悪い……」すっかり弱り果てたような声を出して、西は何かを探るようにじっと私の瞳に見入りました。

「わしに人並みのアパートはぜいたくや。ム所暮らしが分相応や、言うんかいな」

私はこんなふうに、じっと自分の目を見詰められるのが苦手でした。

瞳に見入られると、礼儀知らずと軽蔑されるかもしれない危惧《きぐ》をよそに私が取る態度は、ぷいと横を向くか、ぞんざいな口の利き方をして相手が目をそらさざるをえないほど辟易《へきえき》させてしまうかのどちらかでした。

「あんたが自分から言い出したんじゃないか。刑務所にいるのは自分の義務だ、権利だ、獄屋住まいを耐えやすくする唯一の方法、それは監獄を愛することだってな。そんなに牢獄に惚《ほ》れ込んでる人間が、アパート暮らしなんぞに安住してられるはずがないじゃないか」

「あれはウソや、でまかせや」西は金切り声を上げました。

「どこぞの世界に、刑務所が好きでたまらんゆうケッタイな人間がおるかいな」

その絶叫に誰も非難や不審の眼差《まなざ》しを向けなかったのは、暗闇の田圃《たんぼ》道をバスは私たち二人だけの乗客で走っていたからです。

しかし西の悲憤にも似た口振りにもかかわらず、私には彼が「わしは刑務所が好きでならんのや」と雄叫《おたけ》びを上げているような気がしてなりませんでした。それで、私もつい声を荒げました。

「でも、自分は罪人《つみびと》だ、罪人の住処《すみか》は娑婆《しやば》じゃなしに牢獄だといった時のあんたの顔は嘘、いつわりを言っている顔じゃなかった。あれこそ紛《まぎ》れもない真実を語っている人間の悲痛だが、厳粛に満ちあふれた顔だった」

「厳粛やなんて……大将、冷やかさんといてえな」西は戸惑いに満ちた笑いを浮かべました。

「このわしの阿呆面《あほうづら》が、厳粛で光り輝くときなんて永久にあらへん」

「やっ、そう言うときのあんたの顔、またまた厳粛さで照り輝いている」

彼は心地《ここち》悪そうに、顔には困惑の色を浮かべたまま、身をくねくねと捩《よ》じらせました。

「かなわんな。こないないびり方されたの、わしこれが初めてやわ」

「とにかく、あんたが立ち直るのに、二十万は少な過ぎる。二百万、二千万、二億でも駄目だ。二十億円は少なくても必要だ」

「二十億?」

ぎくりとして、彼は真顔になりました。

「そりゃ無茶や。それだけの金がなけりゃ、わしほんまに浮かばれんのかいな。もそっと安うならんのかいな」

予想もしなかった落胆に襲われて、彼は急に口をつぐみ、何かの物思いに落ち込んで行きました。

（絡《から》んでやれ）と私は思いました。（徹底的に絡んでやれ）

「二十億円あっても、あんたは浮かばれないかもしれない。本当の救いが金で買えるとも思えんからね。だが、二十億ありゃ、ケチでいじましい小悪党にはならずにすむ。悪党にならんがための悪党を除けば、二十億の金持って、わざわざ悪を犯す必要のある人間なんて、まずいないだろうからな」

物思いを妨げられたからか、それとも何か思い当たることがあってか、彼は急に不機嫌になって、吐き出すように言いました。

「悪党にならんがための悪党やなんて、そんなケッタイな、化け物《もん》みたいな人間が果たしてこの世におるんかいな」

（絡んでやれ。もっと絡んでやれ）

「自分を仮初《かりそ》めにも罪人だと言い張り、刑務所に入ることを仮にも自分の権利、義務と考えている人間でなくて、誰が悪党にならんがための悪党だと言うんだ」

「ちゃう……」

異常なほどの周章《あわて》振りを見せて、西昌三郎は悲鳴を上げました。

「大将、そりゃ誤解や。とんでもない思い違いや」

驚いたことに、凸レンズを通して浮き上がったみたいに馬鹿でかい彼の双眸《そうぼう》には涙さえ浮かんでいました。彼の余りのうろたえ振りに、私は言葉を失ってしまいました。

二

どこをどう通って来たのかさっぱり分からないままに、闇の中を走り抜けたバスは、私たち二人だけの乗客のまま五井駅に着きました。

二人だけの客で、三十分近くも走ったのでは燃料代にもなるまいと、私は運転手が気の毒になったほどでしたが、運賃箱に料金を入れる私たちに「お疲れ様でした」と温和に挨拶する運転手の顔に、失望や怒りの色は微塵《みじん》もありませんでした。しがない人夫風情《ふぜい》が、何十台、何百台もの車両を保有するバス会社のために、余計な気を揉《も》む必要など全くありはしなかったのです。

千葉行きの電車が到着するまでに、三十分近く待たなければなりませんでした。まだ八時にもならないのに、駅前の商店街の何軒かは早くも店じまいの仕度《したく》を始め、酒場の明かりが、厳しさを増して行く寒気の中で、侘《わび》しい光を放っていました。

薄暗いながらも、まだ「営業中」の木札をドアの把《と》っ手にぶら下げた喫茶店がありましたので、私たちは追われるように中に入りました。ちゃんとしたコーヒーにありつけると思うと、心なし胸が躍りました。

しかし一歩、店の中に足を踏み入れた途端《とたん》に、私は腹立たしいほどの幻滅に襲われました。さして広くもないその喫茶店の扉口《とぐち》には、ごたごたとダンボールの箱や、衣類を詰め込んだ籠《かご》や、新聞、雑誌の束、玉ねぎやミカンを入れた袋などが積み上げてあるのです。言わば生活が営業用の店舗の中に入り込んでいるのです。所帯の匂いが店の中に充満しているのです。私はそんな喫茶店が大嫌いでした。

喫茶店で読書し、思考し、夢想することに慣れ親しんで来た私には、つまり、喫茶店を書斎代わりに利用して来た私には、余りにも生々しい日用の事物に満ちた喫茶店というものは嫌悪以外の何ものも与えないのです。喫茶店は簡素なほどいいのです。

出て来たコーヒーが、これまた床に投げつけてやりたいほど粗末きわまりない代物《しろもの》でした。異様な苦味《にがみ》が混じっている上に、ぬるいのです。

猫舌のお客が訪れようと、コーヒーだけは、唇の焼けつくほど熱いのを出すべきです。生まぬるいコーヒーを出す店は、喫茶店業の外道《げどう》を歩んでいるのです。端的に言って、お客を小馬鹿にしているのです。酒のお燗《かん》と同じ感覚でコーヒーを出されたのではたまったものではありません。たかが一杯百円のコーヒーでもです。

こんなコーヒーを抜けぬけと出すようでは、こんなコーヒーを黙って飲んでいるような民衆でこの町が成り立っているようでは、少なくとも文化に関する限り、この町には片鱗すらも存在しないと結論するのが妥当だし、のみならず、将来にそれが芽ぶき、生長発展する可能性もないと断言すべきです。

どこでも、ちゃんとした町なら、ちゃんとした文化や伝統を持ち、そこの住人であることに矜持《きょうじ》を抱いている人の住む町なら、何はなくとも瀟洒《しょうしゃ》で、落ち着いた、うまいコーヒーを出す店があるのが常です。

生ぬるいコーヒー！　ひ……ひ……人を愚弄《ぐろう》するにも程があると思いました。

しかし西昌三郎は、まずそうな顔をするでもなく、虚仮《こけ》にされて腹を立てているふうも見せず、私の顔をじっと見据えたまま、分厚い唇を鳴らしながらコーヒーをすすっていました。

私は虫唾《むしず》の走る思いを、この店には似合わぬほどの美しさを持ったウエイトレスを眺めることでやっと抑《おさ》えていましたが、西は娘の方にはてんで目もくれませんでした。

「大将！」

彼は半分ほどになったコーヒーを、大口開けて一気に飲み干し、空のカップを、何かの決意を示すかのように、かちんと音をさせて受け皿の上に置きました。

「誤解や、間違いや……。大将、バスの中でわしのこと悪党呼ばわりしたけど、悪党言われて、わし黙っとれんわ。わしは罪人《つみびと》ではあっても悪党やない。悪党言うたん、あれ取り消してえな」

何ものかに復讐せずにはおれないコーヒーのまずさでしたので、怒り、ということを知らない西昌三郎はその格好の標的でした。

「絶対に取り消しやしない。あんたは悪党だ。いくら力み返って俺を睨《にら》んだって、俺はそんなことぐらいでびくつきやしないし、言ったことを取り消しもしない。罪人であることに辛抱できるんなら、悪党呼ばわりされることにも我慢するがいいさ」

「わしが悪党に見える？」

肩肘《かたひじ》張った緊張の糸がいきなり切れたかのように、彼は急に相好《そうごう》をくずし、何か取り入るような声を出しました。

「わし、そないにいけずで醜悪な顔しとる？」

郵便はがき

料金受取人払郵便

新宿支店承認

1138

差出有効期間
平成26年 4 月
30日まで

（切手不要）

1 6 0 - 8 7 9 1

843

東京都新宿区新宿1－10－1

(株)文芸社

愛読者カード係 行

お名前《ふりがな》		明治 大正 昭和 平成 年生 歳		
ご住所《ふりがな》	□□□-□□□□	性別 男・女		
お電話番号	（書籍ご注文の際に必要です）	ご職業		
E-mail				
書名				
お買上書店	都道府県 市区郡	書店名	書店	
		ご購入日	年 月 日	

本書をお買い求めになった動機は?

1. 書店店頭で見て　2. 知人にすすめられて　3. ホームページを見て
4. 広告、記事（新聞、雑誌、ポスター等）を見て（新聞、雑誌名　　　　）

上の質問に 1. と答えられた方でご購入の決め手となったのは?

1. タイトル　2. 著者　3. 内容　4. カバーデザイン　5. 帯　6. その他（　　　）

ご購読雑誌（複数可）	ご購読新聞　　新聞

文芸社の本をお買い求めいただき誠にありがとうございます。
この愛読者カードは今後の小社出版の企画等に役立たせていただきます。

本書についてのご意見、ご感想をお聞かせください。
①内容について

②カバー、タイトル、帯について

弊社、及び弊社刊行物に対するご意見、ご感想をお聞かせください。

最近読んでおもしろかった本やこれから読んでみたい本をお教えください。

今後、とりあげてほしいテーマや最近興味を持ったニュースをお教えください。

ご自分の研究成果や経験、お考え等を出版してみたいというお気持ちはありますか。

ある　　ない　　内容・テーマ（　　　　　　）

出版についてのご相談（ご質問等）を希望されますか。

する　　しない

ご協力ありがとうございました。
※お寄せいただいたご意見、ご感想は新聞広告等で匿名にて使わせていただくことがあります。
※お客様の個人情報は、小社からの連絡のみに使用します。社外に提供することは一切ありません。

しかし、私は報復の手を緩《ゆる》めませんでした。

「悪党というよりは阿呆に見える。だが、どうして、あんたは阿呆なんかじゃない。腹の底には、俺なんかとうてい見透《みす》かすことのできない複雑怪奇な思いを潜《ひそ》ませているんだ。顔なんぞでは、あんたが善人か悪人か判断はつかんよ」

「わしは善人やない……」

「………」

「でも、悪人ともちゃう。これだけは分かって欲しいんや」

「何故だい？　どうしてあんたが本当は何者か、何者でないかを分からなくちゃならないんだい。間もなく千葉行きの列車が着く。千葉へ出て東京行きの電車に乗り換えて、都内へ入れば、俺とあんたはおさらばだ。あんたが大阪へでも帰っちまえば、もう二度と会うこともないだろう赤の他人になっちまうんだ。善人でもなければ悪党でもない、どっちつかずの人間が俺の目前を横切ったからって、どのみち、すぐに忘れ去っちまうんだ。むきになって、あんたが何者かを教えてもらうには及ばんよ」

「でも、わしは大将のこと忘れへん」はっとするほど激した口調で、西が言いました。

「わし、大将から重大なヒントもろうたんや」

「まさか……、俺は人に与えるべき何ものも持っちゃいない」

「ウソやあらへん。大将、さっき、わしが立ち直るのに二十万では不足や、二十億いる言《ゆ》うたやろ？」

「言ったような、言わないような」

「言《ゆ》うたんや。わし一か八かやってみたろ思うんや」

「何を？」

「押し込みや。二十億は無理やろけど、二億ぐらいならありそな簡易郵便局があるんや。夫婦二人だけでやっとる郵便局がな」

この計画が単なる出まかせに過ぎないと思われるどんな兆候も西昌三郎の目の色にも口調にもありませんでした。しかし、出まかせでなければ、一体何だというのでしょう。私は即座に、吐き捨てるように断言しました。

「あんたじゃ無理だ、不可能だ」

彼はむっとなってやり返しました。

「そないなこと、やってみな分かるかいな」

すると、彼は本気で郵便局強盗を企《たくら》んでいるのでしょうか？　本気ではないにしても、しかし今、唐突にこの計画が彼の頭に浮かんだのではないことは事実でしょう。明確な犯行場所の認識、金額の推定……それは咄嗟《とっさ》の思い付きではなく、何度か彼がこの計画に思いを巡らしていたことを如実に物語っています。でも、私は驚きはしませんでした。強盗もいれば詐欺師もいる。誘拐犯もいれば放火魔もいる。犯罪に成功する者もいれば、しくじる奴もいる。それがこの世というところです。

しかし、強盗をやる西昌三郎……驚き、怖れよりも、おかしさの方が先に立ちました。

「あんた、俺に博才のないことは認めるだろう?」

まだ彼の計画を諫止《かんし》する段階ではありませんでした。どこまで本気なのかを確かめるのが先でした。

「いくら勝とうと思っても勝つことのない人間、勝てもしない人間、そもそも勝とうとも思わなくなった人間に、ギャンブルの才能があるとは思えないだろう?」

「それがどないしたんや?」

「賭博で勝つのに多少なりとも博才とやらが必要なら、押し込みをやるのにも、是非それを成功させたいのなら、図太さとか狡猾さ、俊敏さ、残忍さの資才が必要だってことを俺は言いたいんだよ。率直に言って、あんたにはそれがない」

しかし、西は全然ひるみませんでした。それどころか、彼は自信たっぷりに言い張るのでした。

「押し込みやるには、わしは余りに小心過ぎる言うんかいな。それは計算ずみや。あの郵便局の夫婦もん、そこいらの高校生かて脅せそうな小男、小女なんや。二億、二億あれば、わし生まれ変われるんや。まっとうに働いとったら、三べん生まれ変わったかて、そんな大金を掴《つか》むことでけへん、ギャンブルに賭けたかて、結局は金持ってるもんが勝って、わしらみたいに目くされ金しか持たんもんはひねり潰されてしまうんや。ここは、乗るかそるか、一世一代の大勝負や。二億円あったら、わし、絶対人のやって来《こ》ん山の中へ家一軒建てて、近寄ってくる人間、一人残らず鉄砲か何かで追い払ろて、死ぬまでそこで一人で生きて行くわ。それなら一億でも間に合うかもしれん。わし、粗衣粗食には慣れとるから、ひょっとすると五千万でも足りるかもしれんな。でも、それ以下はあかん。何が何でも五千万がぎりぎりの線や。二十年……いんや、十年生き延びられたら、わし、何とか大往生でけると思うわ」

それは強奪への不退転の決意というよりは、大往生とやらに対する願望、憧憬に過ぎませんでした。それも呆《あき》れ果てるほど幼稚で単純な。

「あんたに押し込み強盗は無理だ……」

何だか拍子抜けがして、私は自分が盗賊の首領にでもなった気になって、西昌三郎を一《いっ》喝《かつ》しました。

「失敗するに決まってる。あんたは使いものにならん」

「せやろか……」

西は驚くほどあっさりと鉾《ほこ》を収めました。

「せやろな。でも、失敗するならするでちっともかめへん。とにかく、やる」

「強盗は引ったくりなぞより、はるかに罪が重いぞ」

「かめへん……」

ほとんど放心の態《てい》で、西はぼそりと言いました。

(びくついたのかな)と思いました。

(柄《がら》にもないことを企みやがって。それにしても、ほな、やめた、が出ないのはどうした訳だろう。もうひと押し、押してやれ)

「前科でもあったら、たとい強盗やって未遂でも、今度はおいそれとは娑婆へ出て来れんぞ」

「かめへん……」

西はあらぬ方向に目をやったまま、相変わらず投げやりな調子で言いました。あらぬ方向、と言うより、彼の目はうつろでした。

「三年でも五年でも十年でも、好きなだけ放り込んだらええ。わし、ちっともかめへん」

「立ち直れる可能性はますます少なくなるぞ」

「かめへん。二億円で立ち直れなんだら、わし、刑務所で立ち直ったる」

「娑婆で立ち直れなかった人間が、刑務所で本当に立ち直れるとも思えんね」

「それならそれでええ。わしのほんまの目標は何もそんなんとちゃうのや」

「……」

「わしのほんまの生き甲斐、目標は……」無力、無能と思われた彼の全身には、今度こそ不抜《ふばつ》の意志が満ち渡っているように思われました。

「死んだ女房と一緒になることや」

これが、私が彼のうちにあると幾度か直観した思想の結論、核心でしたが、しかしそれは思想などと呼べる高尚なものではなく、荒唐無稽な妄想に過ぎませんでした。この男の中に思想があると思ったのは、私の買いかぶりでした。

直接手を掛けたのではないにしろ、煎《せん》じ詰めれば、やはりそれと同じくらいの罪責は逃れ得ない、西昌三郎の妻の鉄道自殺のことを思えば、罪滅ぼしのために、いつの日にか彼が人の度肝《どぎも》を抜くような風変わりで巨大な墓石を建ててやるとか、あるいは自らの解放、救済を求めて、果て無き苦難に満ちた行脚《あんぎゃ》に出るということはあり得ないことではないにしても、「死んだ女房と一緒になる」は余りに突飛過ぎました。無稽過ぎました。

「一体、あんたの言うことはどこまでが真実で、どこまでが虚偽なのか、さっぱり分からん」

　思わず私は声を上げました。

「死んだ者と一緒になるとは、具体的にはどういうことなんだ。自死によって、奥さんはあんたという人間に絶対的な見切りをつけたんだ。死によって、彼女はあんたとの関係をも永久に廃棄、拒絶したのだ。死によって、彼女はあんたと彼女を結びつけるいかなる紐《ちゅう》帯《たい》をも永遠に切り捨てたのだ。そんな彼女のために、今さら何かをしてやろうったって、そりゃ虫が好すぎるってもんだ」

「わしかて、それぐらい百も承知や。いつどこで野垂《のた》れ死にしようと、八つ裂きにされようと不平や文句の言えた義理のない深い罪や、わしが女房に犯した罪は」

「そんなら神妙に劫罰《ごうばつ》の時、暗黒の彼方《かなた》に朽ち果てて行く日を待ってりゃいいんだ。押し込みをやるだの、刑務所へ行くだのと大それたことを考えずにだ。少なくとも、押し込みをやる根拠というものはどこにもない」

「でも、わし刑務所で女房と一緒になれたんや。女房から恩恵、愛情など貰える資格など毛ほどもないわしのところへ、女房の方から来てくれたんや。わし、もう一ぺん刑務所へ行って、女房と会うんや」

「少しぐらいなら駄法螺《だぼら》吹かれても、じきに別れるんだという気持ちがあったればこそ、どうにか我慢して聞いてもいられた。だが、死んだ女と一緒になるなんて世迷言《よまいごと》、唐人の寝言《ねごと》みたいなことを言い出されたんじゃ、辛抱《しんぼう》もこれまでだ」

「ほな、出よ」西が、さっと席を立ちました。

「じき、電車が来るわ」

　私はわざと彼の顔を見ませんでしたが、唐突な彼の身ごなしには怒りがこもっているように思われました。

「姐《ねえ》ちゃん、ゼニここに置いとくで」ぴしゃりと百円玉を扉口のカウンターに打ちつけると、彼は私を残して足早に駅舎の方へ歩き去ってしまいました。

何に腹を立てたにせよ、私は西に謝罪する気も、和解を求めるつもりもありませんでしたので、殊更にゆっくりとした足取りでホームに向かいました。

例の、理由の定かでない西昌三郎に対する優越感からすると、彼がいきなりこんなふうに私に腹を立てるなんぞはあり得べからざること、赦《ゆる》し難いこと、憎むべきことでさえありました。しかし、彼は全然腹など立てていなかったのかもしれません。彼の席を立つ様が余りに突然だったので、一瞬息を呑んだ私でしたが、しかしホームへ着くと同時に電車が滑り込んで来たことを思うと、彼の方が冷静沈着、明晰判明に発車時刻を諳《そら》んじていたのかもしれません。

ただ、停車した車両に私が乗り込むとき、西の姿はどこにも見当たりませんでした。こんなに不意に私の前から姿を消すなんて、やっぱり私は何か腹に据えかねることを口走ったに違いありません。と言っても、死んだ女房と一緒になる、という彼の言葉を唐人の寝言と決めつけたことぐらいしか、その原因は思い当たりませんでした。

彼にしてみれば。それは勘弁ならぬ死者への冒瀆《ぼうとく》だったのかもしれません、しかし、自分で殺したにも等しい者の亡魂を他者の冒瀆から守るとは何とも不可解な心境ではありますまいか。

三

　列車が出発して程なくして、きょろきょろ座席を見回しながら、消え去ったはずの西昌三郎が前方の車室から姿を現しました。彼の姿を見た途端に私は薄目を閉じて、眠った振りをしました。

　車両の真ん中あたりに私を認めた西は、もうわき目もふらずに一目散に歩み寄って来て、私の隣に腰掛けて、

「大将、大将……」と、耳もとで囁《ささや》きました。

「眠っとるんかいな。起きなはれ。目を覚ましなはれ」

　私はじっと目をつむって、返事をしませんでした。

「大将、わしには分かっとるんや。大将は眠ってなんかいない。ちゃんと目を覚ましとる。目を開けなはれ」

「……………」

「ちっとも眠むとないのに寝た振りするの難儀やろ。茹《ゆ》で卵とミカン買《こ》うてきた。食べなはれ」

それでも私は強情に目を閉じて、身動きせずにいました。

彼は窓際の小物置き台の上に袋包みを置くと、またしても「大将、大将……」と囁きながら、私の右の脇腹を指で軽く突きました。大して力をこめている訳でもないのに、それは逆上するほどの痛み、どんなに深い眠りの底にいる者でも驚いて飛び起きずにはおれないほどの激痛を私に与えました。

「ひひ……」むっとなって目を開けた私に動ずる気配もなく、西昌三郎は奇妙な笑いを浮かべました。

「脇腹のここのとこ小突かれると痛いやろ？　かっとなって、わしをぶん殴りたくなるやろ？　ここ、人間の急所やねん。わし、死んだ女房から教えてもろたんやわ。死んだ女房が生き返って、寝てるわしを起こすとき、肋骨《ろっこつ》の下の脇腹の肉ぎゅっと摑んで、その痛みでわしの目え覚まさせるんや。あんまり痛いんで、どうにもこうにも起きんことにはしゃあないで。ウソや思うたら大将、も一度小突いてみよか？」

「もう一度突っついたら、俺はあんたの首をへし折るぞ」

「ひひ……嬉《うれ》しいな。大将、本気で怒りよった。目え見れば分かる。目は心の鏡いうて、いろんな思いを映し出す。わあ、ほんまや。大将の目え実に仰山《ぎょうさん》なもんが映っとるな。憤《ふん》怒（ぬ）、侮蔑、驚愕（きょうがく）、それに不安、恐怖まで映っとる。たった一秒にもならん痛みが、これほど多くの情感を呼び覚ます。でも、この痛みを忘れんと、よう覚えといてくんなはれや。わしなんか、この痛みに一時間も二時間もぶっ続けに襲われることがあるんやで」

「つまり、何が言いたいんだい？」

「わしが言いたいのんは、実際に我が身に痛みと苦しみを味おうて手に入れたものこそ真実やいうことや。わしはそれ以外に真実ということの定義を知らんのや。真実の尺度、真理の規準にはいろんなもんがあるやろが、わしは痛みと苦しみ以外の真実の試金石を持っとらん。わしは、今大将が目をむき、むかっ腹《ぱら》を立てた痛み……大将にそれを忘れなや、と念まで押した痛みを何度も何度も味おうて、死んだ女房を手に入れたんや。誰が何と言おうと、死んだ女房は生きとるんや。血肉を具《そな》えて生きとるんや……」

「と言われても、そんな絵空事《えそらごと》は俄《にわ》かには信じかねる。時をかけても信じかねるだろう。要するに、あんたはウソをついてるんだ」

「こんなことでウソついて、誰が得するんや？」

「あんたがさ」

「大将、そりゃあんまりや。も一度言うけど、息の詰まるような痛みに何時間も襲われるわしの苦労も察してや」

「しかし、苦労すりゃ必ず真実が摑めるもんでもなかろう。苦労に欺《あざむ》かれるということもあるんだ」

「大将、そこやがな。欺かれることを何よりも恐れるが故に、わしは欺きようのない躰《からだ》の痛み、苦しみを真実の基準に置いとるんやがな。さっき感じたあの痛みを大将が、あれは全然ありもしない偽りの痛み……架空の痛み、夢、幻……言うんやったら、何をか言わんややけどな」

「俺は認めるよ。あれは紛《まぎ》れもない純粋無垢《むく》の痛みだった。しかし、その痛みが死んだ奥さんの正真正銘の蘇《よみがえ》りの証拠だと言うんなら、そんなことは俺は全然信じない」

「死んだら人間、二度と再びこの世に戻れん、大将そう思うとるわけやな？　死後の世界はないと、そないに思うとるんやな？」

「少なくとも、死後の実在なるものを検証する方法、能力は我々人間には与えられていない。存在には存在の原理、法則というものがある。人間にとって実在するもの、それは現象するもの、つまり感性で捕捉《ほそく》可能なもの、つまり時間性と空間性のうちにあるものだけだ。死後の世界は現存しない。つまり時間のうちにも空間の中にも我々はそれを見たり、聞いたりすることはできない……。つまり感覚でそれを捉えることはできない。死後の世界なるものは存在の普遍、客観的原理に合致しない。この原理を無視し、超越した観念、存在はどんなに美しかろうと、尊とかろうと独断、偏見のそしりを免れない。つまり、それは思惟の横暴、逸脱であり、従って妄想、幻夢であるとの批難を逃れ得ない」

「もちろん、わしかて最初のうちはそう思うとった。小心者《もん》ではあるけど、赤いもんが白く見えたり、丸い印が四角に見えたりするほど、わしの感覚は異常でもなければ狂ってもおらず、周りの人間と同じように正常そのものやった。殴られれば痛いし、褒《ほ》められたら嬉しいし、死んだら人間どこへ行こうと、この世にだけは二度と帰って来れんと思うとった。ところが大将、切羽《せっぱ》詰《つま》ってのこととは言え、今思えばケチ臭い掻《か》っ払《ぱら》いがもとでぶち込まれた刑務所の中で、ある夜、わしが眠っとると、絶対起こるはずのないことがわしの身に起こったんや。わしが大将の脇腹小突いたときに、大将がかっとなってわしを睨みつけたように、わしもその夜、獄舎の中で眠っとる最中に鉤爪《かぎづめ》みたいなもんで脇腹ぎゅっと摑まれて、息の詰まる痛さにこらえかねて、何とかそれをもぎ放そうとしたら、それが人の手……死んだ女房の手やったんや」

「あんたは幻を見たんだよ。おのが罪業《ざいごう》に深い呵責《かしゃく》を感じている獄囚によく見られる現象さ。俺が知ってるある男は、そいつも、つまらん喧嘩が原因で人一人を出刃包丁、いや刺身包丁だったっけか、とにかく包丁で刺し殺して、懲役へ送られたんだが、毎晩、殺した男の幽霊を見て、用便に立つのさえ恐ろしくてたまらなかったという。どれほど、あんたの言う真実の証《あかし》とやらの痛み、苦しみを死んだ奥さんの手によって与えられたにしても、それはあんたの呵責が生み出した幻覚に過ぎないんだ」

「出刃で人殺しするほどの荒武者が、小便行くのんにもおとろし思いするなんて、気の毒な話やな。で、その人、どないになりはったん？」

「知らんよ。何年か前、ダムの工事現場でひと月ほど一緒に働いただけだが、もともとそうだったのか、人殺しをやったためか、おそろしく猜疑《さいぎ》心が強く、鼻持ちならないひねくれ根性が猫かぶりの穏やかさの下に潜んでいて、もう一度殺人でもやって死刑にでもならなければどうにも収拾のつかない破滅がそこまで来てるって感じだった」

「わしらかて、本物の救いにあずからん限り破滅しとるんや。死刑宣告されとるんや。大将、死んだ人間が生きとるゆうこと、死後の世界でも生きとられるゆうこと、それは永遠の世界、朽ち果てることのない無限性の世界に生きるゆうことや。ほして、救われるとは、永遠の世界に生きること、決して死なん者となるゆうことや。女房はその永遠の世界に生きとるんや。女房はきっとわしをそこへ導き入れようとして、わしのところへ来るんやと思うわ。それは臆病風に吹かれた人殺しなんどのところへやって来る、手足もろくすっぽついとらん出来損《そこ》ないのへなちょこ亡霊なんぞとは訳がちゃう。わしんとこへやって来るのんは、ちゃんと触知できる唇や乳房や性器まで付いた生身《なまみ》同然の女なんや。彼女はちゃんとした目的、意志を持って、言わば幽体となってやって来るんや。それは亡霊、霊鬼とは違う。幽霊、霊鬼は恨《うら》みつらみを晴らしにはやって来ても、決して救うためには現われんのや。だから、幽霊追い払うんには、大声で一喝すればええ。ケチでしみったれの幽霊のくせしやがってからに、のこのこ人様の前に出て来るんやない、言うてな。ほしたら敵は恥ずかしなって、たちまち退散や」

「とんだ神秘主義だ、俺もいろいろ考えたり、読書するのは好きだけど、神秘主義までは手が回らんよ」

「狂人と言われんだけでも、わし大将に感謝するわ。大将、人間がどうにか気も狂わんとまともでいられるのん、本ものの痛みや苦しみがあればこそやと思わへん？　それなくしたら人間、何が真実かそうでないかを測れんようになって、狂ってしまうんとちゃうやろか？」

「狂気を恐れるほど、俺は深刻な悩みを持ったことがないからなあ」

「それとも大将、少々の悩みぐらい平気で耐え抜くだけの強靭な精神力を持っとるのかもしれんな。狂気の構造っちゅうんは、観念がこちこちに凝《こ》り固まって融通無碍《ゆうずうむげ》、柔軟性を失うことやさかいに、本ものの精神を失うと、人間誰でも気が狂うんや。おや大将、今にやりと笑ろたな。何がおかしいん?」

「死んだ女房が生きているという与太ばなし、妄想に捉われて、まともな精神性から最も遠く隔たっているあんたが、本ものの精神なんて言葉を使うのがおかしいのさ。理性の把握できない神秘主義なんか鼻先でせせら笑って一蹴《いっしゅう》する……それが本ものの精神性ってやつだ。一体、認識の最高機関である知性、理性をもってしても把握できない永遠なる神秘の世界とやらにどうやって入って行けると言うんだい?」

「大将、あべこべや、我々が神秘の中に入り込むんやなしに、神秘が向こうから独りでにやって来るんや。神秘は理知性にとってこそ実際にはあり得ぬ妄想、仮象、空無でこそあれ、ちゃんとした精神の持ち主にとっては当たり前の存在かもしれへんで。合理的理知性っちゅうのは決して万能やのうして、巨大な精神の世界においてはわずかな意味、価値しか持たんとわし思うわ。理性が認識し、把握する世界、客観的世界は唯一の世界ではなく、単に世界の一側面、言わば外側に過ぎず、世界はなお別の側面、本質、核を持ち、意志こそがそれである、と言わはる哲学者、ショウペンハウアー、のような人もいやはるしな」

「……」

「人間がどれほど英知を働かせたところで、理知性が発明した最先端の科学機器を使《つこ》うて躍起になったところで蚊やシラミの生命一個創造できへん。何や及びもつかん巨大な力が生命を造り出し、この力、意志が宇宙、世界を維持し、支配し、導いとるんや。生きる、いうことは、この宇宙意志と合体することや」

「なぜ神秘は俺には訪れないで、あんたには訪れるんだろうか？」

「そんなこと、わし知らん。あるいは大将かて、いわゆる神秘力に囲まれとるのに、理性とやらにいらん邪魔立てされて、それに気づいとらんのかもしれんし、気づこうとしないのかもしれん」

「神秘力は、無視しようとすれば造作なく無視できるくらいの朧《おぼろ》げで、はかない実体しか具えていないのかい？」

「さあ、それは神秘によりけり、人によりけりってとこやないやろか。わしの場合、無視しようにも無視できん充溢《じゅういっ》感……全力で逃れようとしても逃れ切れん力強さ、確かさでもってわしを襲う。わしは何も伊達《だて》や酔狂で死人と関わってるのんとちゃう。最初わし、死にもの狂いになってそれから逃れようとした。実際、脇腹のあの痛みのことを思うと、わし眠るのが恐ろしかったくらいや。わし、すんでのところで悪魔や霊鬼、妖怪、変化《へんげ》ゆうもんの存在を信じるところやった。わしがいくら逃れよう思うても、わしの力及ばん狡猾、強大な手使《つこ》うて、そいつは向こうからやって来るんやからな。人間、いくら逃げ回っても、どこへ身を隠しても、生きてる限りは食わなならんし、眠らなならん。眠っとるとき訪れるものの典型は夢やけど、夢が現実的神秘と違うのは、夢はどんなに残酷な内容で人に不安や恐怖を与えても、肉体に現実的な痛み、苦しみを与えることはせんのや。神秘が激痛を携えてやって来るとき、あんまりそれが烈しいんで、わし最初の頃、大声でわめいたもんや。誰か知らんが、何ものか分からんが、わしを取り殺す気なら殺すがええ。でも、一つだけ聞かせてくれ……何でわしを殺すんや、その訳を聞かせてくれ、ってな」

「で、そいつは何と言った?」

「何も言わんと消えよった。知る、聞く、認識するには、目覚めた意識ちゅうもんが必要やが、この意識をちゃんと研《と》ぎ澄まして、神秘がわしを苦しめ、殺す訳を知ろうと身構えると、そいつは、さっと消えるんや。まるで電気のスイッチ切ったみたいに、何の痕跡《こんせき》も残さずに消えて、次にそいつがいつ訪れるか、絶対に予測はつかん。ただ、殺すつもりなら殺せ、いうわしの叫びにちっとも応《こた》える様子がないからには、そいつの目的がわしを取り殺すことでないことは確かやった」

「と言われても、あんたの話には疑わしい点がある。どこか胡散臭《うさんくさ》いところがある」

「ある。一箇所だけな」

「それはどこなんだい？」

「内緒や。それは生きとる限り、全身全霊を上げて解明せなならん、わし一人だけの秘密や。大将が言うように、わしはどこかでとんでもないウソをついとるのかもしれん。でも、人は真実だけを言わなならん義理も筋合いもあらへんのや。何でか言うたら、ほんまのこと言うても、それがちっとも信用されず、かえって馬鹿にされたり、笑いもんにされるゆうこともあるんやさかいにな」

「あんたにしちゃ、馬鹿にひねくれた、人の悪い物言いじゃないか」

「ひひ……、悪いのはわしやない。神様が悪いのや。文句言うんなら、神様に言いなはれ。精神……背理《はいり》、矛盾、逆説、不条理として人間を創造しはった神様、つまり、ウソつき、反逆者、謀反人《むほんにん》、罪人《つみびと》として因果な人間を創りはった神様にな」

「しかし、人間は何に対して矛盾を犯していると言うんだい。誰に対して反逆者、謀反人だと言うんだい？」

「自然という真実に対してや。およその真理の規準は自然を根拠にしとる。天然、自然は狂いのない確実な法則、原理に従って動いとる。雨の降る日は天気が悪く、犬が西向きゃ、尾は東向く。ウサギから猫の子が生まれることもなければ、ホウレンソウにバナナが実ることもない。自然は確固たる原理、掟《おきて》、必然性に従って動いており、この法則は世界のどこでも、誰にでも例外なく通用するから、人間はそれを普遍的、客観的、合理的と呼んで、真理の規準、尺度にするんや。自然界には不合理、矛盾、背理、逆説、奇跡ちゅうもんはない。この合理性、普遍性、一貫性に対して人間だけが否《いな》、と言うんや。人間だけが二《に》・二《にん》が四の必然性、法則に逆らうことがでけるんや」

「何のためにだい？」

「合理性、客観性……つまり自然界の原理、法則を生きるということ……それは逸脱の許されん必然性、法則性、機械性を生きるということや。ところが人間だけが千篇一律、融通性のない硬直した植物や動物の生を……、決まり切った動きを続けるしか能のないロボットや機械の無機的営みを忌み嫌い、変化、進歩、つまり自由を求めて生きるんや。これが、いやも応もない人間の定めなんや。人間は背理、矛盾、反自然、自由であるべく呪《のろ》われとるんや」

「どうして、べき……反自然、自由であるべきなんだ。どうして自然に習って、自然とともに生き、自然と一体となって死んじゃならないんだ？」

「一人ひとり、人間が個体、単独者として死、滅び、無を怖《お》じ、恐れるからや。そのことが背理、矛盾、反自然、逆説の内容、本質や。理性、知性では人間、誰でも生命には限界、寿命ゆうもんがあって、遅かれ早かれ、生者必滅の掟、定めに従って、世を去って行かなならんことを知っとる。この定めに異議を唱えたかて始まらんし、異議の象徴としての不老不死、魂の不滅性、永遠性ちゅうもんが夢、幻に過ぎんことも知っとる。しかし、人間やっぱり精神、魂のどこかで死・滅びの傲慢《ごうまん》、不遜に対して否《いな》、と叫んどる部分があるんや」

「死を怖じ、恐れるのは人間の自然の性向だよ。そこに矛盾、不合理、反自然性などというものはない」

「大将、まるで反対や。自然の性向に完全に従っとったら、人は死に不安や恐怖を感じることはないのや。自然の性向に完全に従って生きとるものがあるとすれば、それはもちろん、自然界の生物や。そして自然界の生物は決して死に対する不安や恐怖は感じない。感じる必要がないからや」

「どうしてだい？」

「自分自身と一致しとるからや。人間に限らず、およそこの宇宙に生きとる全ての生命体、生物には絶対の使命、目的ゆうもんがある。それは生命の根源であるＤＮＡ、遺伝子にしっかり組み込まれとって、変更も放棄も許されん」

「変更も放棄も許されぬ生命の使命、目的？」

「せや。生命を維持し、次代へ伝えること、種の保存維持、永遠の生命の保持……これが生命の根源としてのＤＮＡ、遺伝子の絶対の使命、目的……自然界の生物の究極目標や。生物がこの究極の真理性を疑い、それから逃れ出ようとすることは絶対にない。種を保存する意味、価値に代わる何か別の価値があるかと生物が世界や自らに問い、その価値のために努力、前進することもない。動物の生存目的、それは種の保存、維持それだけや。人間だけが、種の保存、つまり生命の複製、再生産、つまり子をもうけることは人間の回避不能の絶対目的かと疑うことができ、自由な決断によって、その目的から逃れ出ることができる」

「……」

「種の保存という唯一の使命、目的を果たした動物を待ち受けているのは容赦のない滅亡、没落、死だけや。人間だけが、生物にとって必然の定め、法則である死、滅び、無に向かって逆らい、刃向かうことができる。動物にはそんな大胆なこと、不遜なことは決してできん。自らの存亡を賭して自然の定めに挑むこと、もってほかならぬ自身の不滅性、永遠性を実現すること……そんな愚かしいこと、危険なことを動物はやらんのや。動物は種の保存という唯一の使命、目的に従順、忠実である限り、自然が、摂理《せつり》が自分たちを大いなる情愛、慈悲を傾けて確実に守ってくれることを知り抜いとる。摂理に背き、摂理から離れ去るくらいなら、むしろ動物は自分の滅亡を黙って引き受けるやろう」

「……」

「自らの目的、使命を成就、実現するために、動物には知性や理性ではなしに、本能という驚嘆すべき力、能力が与えられとる。この力に頼っとる限り、動物は確実に自分たちの種属を保存して来たし、これからも保存できるちゅうことを知っとる。行く末に対する摂理の保護、慈愛を揺るぎなく確信しとるから、従って動物に死、滅び、無に対する不安も恐怖も、悲哀も絶望もなく、自己疎外や自己分裂もなく、自らの使命を果たし終えれば、彼らは悲哀も後悔もなく、黙々と死んで行くんや」

「…………」

「人間も動物の一種やさかいに、子孫を残すことで永遠性という生の目的、使命を果たす。しかし人間は、自分はやがて没落し、滅び……子孫が永遠に生き延びて行くことに心からは同意、満足せず、でけることなら自分自身が個体、単独者として永遠に生きたいと望むんや。理性では死は宿命であり、神々でさえ逃れえぬほどの絶対的威力であり、永遠は種＝団体としてだけ可能であり、個体は有限性、必滅性の制約を何としても乗り越えることができずに、死を受け入れなければならんちゅうことを弁《わきま》えとる。しかし、どんな人間も、大宇宙の意志という絶対精神から見れば、死、滅びちゅうもんが生への不当な干渉であり、暴慢であり、断じて容認しがたい蹂躙《じゅうりん》であることを知っとるんや。このことを人間は、もう物心ついた幼年時代から先天的確かさをもって知っとる」

「…………」

「つまり死ぬこと、滅びることへの不安、恐怖……生の脆《もろ》さ、弱さに対する心細さ、寄辺《べ》なさを通じて紛れもなく知り抜いとるんや。せやから、死に対する不安、恐怖は決して自然界の性向やのうして、人間だけが持つ反自然的傾向、つまり矛盾、不合理なんや。死に対する不安や絶望があることによって、自然界の動物と人間は全く異質の存在なんや。動物は死を前にしても絶望したり、悲哀の涙を流すこともないし、死者のために墓標を立てたり、死者の歴史を記録することもない。動物に歴史っちゅうものはない。歴史は人間が神、自由、不滅性を求めていかに奮闘努力して来たかの記述、とどの詰まり個性、人格をいかに確立したかの記録やさかいに個性、人格ちゅうものを持たず、ただ種属の保存という単一の目的だけのために生きる動物に歴史は存在せんし、必要もないのや。死に対する苦悩、恐怖があるからこそ、それに対処する各自の独自性、個性、人格ゆうもんがある」

「どうして、そんなことが断言できるんだい？　少し付き合ってみれば犬や馬にだって個性、独自性があること、これは万人が認めることじゃないか」

「馬鹿も休み休みに言いなはれ。誰が本ものの個性、人格を持った動物と少しでも付き合いたいと思うかいな。人格、個性っちゅうもんをまるで認めないからこそ、人間は豚や牛や羊なんどを無造作に殺し、煮たり焼いたり、胡椒《こしょう》やソースを振りかけて食い、檻《おり》に押し込め、首輪や綱《つな》、紐《ひも》をつけて鳥や犬を飼うんや。この屈辱に唯々《いい》として甘んじ、決して反抗も謀反も起こさんこと、これが動物に個性、人格がないことの何よりの証拠や。そりゃ動物にかて、車や道具みたいに使いやすいの、御しにくいの、いろいろ特徴はあるやろが、そうした性癖、傾向性を個性、人格と混同したらあかん。個性、人格とは積極的に自らを開示、発展させて行く自由な意志のことや」

「動物が個の価値、人格の尊厳を標榜して、いつの日か、人間に報復や挑戦を企てることはないだろうか?」

「ないやろな。人間と動物は全く別な生命原理を生きとるんや。人間と動物は架橋不能の深淵で隔絶されとる。動物の生命原理、存在目的、使命が種の保存である限り、つまり動物の使命が画家になることでも、商人、教授、僧侶その他もろもろになることでもなく、ただ犬なら犬の、獅子なら獅子の種の保存を唯一の目的、使命とする限り、そこで必要なのは本能という直接、自然的な力の正常な発揮であって、そこでは千変万化の個性、人格というものは無用なんや。そんなものは種の保存という端的な目的のためにはあってならないもの、あるはずのないもの、あっては困るものなんや」

「個性が無限に尊く、人格を持った人間で成り立っているこの世が、人生が厳粛とも荘厳とも呼ばれるのは何ゆえか?」

「人間の、動物とは異なる生存原理、それは、人間は種=共同体=国家の成員として、子孫の創出、育成につとめる以外に、個としても生きなならんということや。人間は誰しもが死・滅び・無に対する不安、恐怖、悲哀、絶望を持つことで、一人ひとりがそれに対峙《たいじ》し、それを克服し、他の誰でもない自分自身の不滅性、永遠性を手に入れなならん義務を持つ。それが精神として存在する人間の使命、目的や。この使命を成就しない限り、つまり自己を疎外、放棄して、この目的とはほかのもののために生きている限り、人間に、つまり精神に安らぎ、救いの時は永久に訪れることはない。ばかりか、疎外、無視された自己は、神経症（ヒステリー）やうつ病、錯乱症などの精神の病いを引き起こして壮絶な復讐にさえ及ぶんや。大方の人間にとっちゃ、動物と同じように種の保存、つまり、子供をもうけ、育て、世に出してやるのが手一杯で、他ならぬ自分自身の個の使命、完成にまでは手が回りかねるやろ。子孫を残すという単にそのことだけでも大事業やよってにな。自分の家族を寒暑の憂い、寝食の労苦から守ってやるのさえ、多くの労力や時間が要《い》る。それだけで十分やないか、それ以外に何をせい言うんやと開き直る人間が出てきても不思議やない。大方の人間は死の不安、恐怖を自らの不滅性の願望、信念、意志にまで高めることはないやろし、高めたら高めたで、そこには挫折や憂悶《ゆうもん》、苦悩が山ほど待ち受けとる」

「………」

「問題はやな、大将、自然界の動物の知らぬ死・滅びへの不安、恐怖、絶望という人間独自の情動の由来、原因は何か……ゆうことや。それは分からん……無理由や。せやから、死の不安、恐怖、悲哀、絶望は不条理、背理、矛盾そのものや。せやから、死・滅びを克服、超越するための思念、観念……絶対者、無限者、神に関する教義、教説も理性の眼から見れば腹を抱《かか》えて笑いたくなるような荒唐無稽なもの、珍妙奇天烈《きてれつ》なものも仰山ある。でも、死の不安、恐怖がある限り、死が生きんとする願望、意志に対する干渉、横暴、否定である限り、真の誇りを持った人間は自らの人格、威信を賭けて、死の脅威を克服して不滅性を手に入れようとするんや。それは二《に》・二《にん》が四みたいな確実性をもって成功するとは限らん、目のくらむよな大冒険や。全知全能の神様でさえも、人ひとりを確実に救い、恵みに導き得るとは限らん。一人ひとりが誰の力も借りんと、自らの力の限りを尽くして、救いか滅びかのあれかこれかを賭けて絶対者に向き合わなならんから、生は限りなく、ほんまに限りもなく厳粛なんや」

「………」

「どうしてか分からんが、人間はある時、どの時かは分からんがやはりある時、絶対的変容……後戻りできん突然変化を経験したんや。余りの複雑奇怪さに辟易した後代の人間たちは事あるごとに叫ぶ。『自然に帰れ』。ところが自然への回帰不能性ということこそが絶対的変容の内容、本質なんや。自然に帰れ、と叫ぶこと、それは茹で卵を生《なま》卵に帰せと要求するのんと同じで、どだい無理な注文なんや。生卵に熱を加えることで、不可逆的な反応が起こり、茹で卵はもう決して生の自然状態に復帰することはできず、人間もまた根源的な反応、変容を蒙って、二度と自然そのものに立ち戻ることはできず、変容の本質を生きる以外にない。変容の本質……それは何べんも言うようやけど、自然界の動物が決して感じることのない死、滅び、無への不安、絶望を持つようになったということや。これは何度繰り返してもくど過ぎることのない、途方もなく意味深い変容や。人間が死の悲哀、恐怖にせっ突かれて、死なないもの、滅びないもの、不滅のもの、無限なるもの、永遠性へと向かうこの願望、意志を奪う何者も存在しないから、人間は本質的に自由でもある」

「………」

「動物への摂理ゆうもんがあるんなら、人間への摂理ゆうもんもあっていいはずや。我々を真の不滅性、永遠性へ導いてくれる者、永遠の生命の体現者、手本、模範が与えられていてもおかしくないはずや。それが天の公平、摂理の無限の愛というもんや。大将、そう思わん?」

「思わないでもない」

「と言うても、語るに易く、行なうに難いのが理想というやっちゃ。大将、そう思わん?」

「思う」

「家、屋敷、商売つぶしてもうて、女房、子供にまで死なれて、どこで、いつ死んだかて誰も洟《はな》も引っかけんような、ミミズ一匹ほどの値打ちもないわしは、それでもやっぱり生きとった」

「………」

「何もかも失うて、釜ヶ崎で日雇いやっとって、ある梅雨の時期に一週間も仕事にあぶれて焼けくそになって、わし掻っ払いやって、牢獄の住人となった。我ながら情けのうて泣くにも泣けん無様《ぶざま》な掻っ払いやった。五十歳くらいのオバンの手提げカバンを引ったくったまでは良かったんやが、そのオバン、自分の持ち物奪い取られて、ぽけっと手もなく突っ立ってるよなお人好しやなかった。ドロボーて、世界中に響きわたるよな大声張り上げよった。わしが一目散に逃げる三十メートル前方で、オバンの声聞きつけた一人のオッサンが軒下に出て来て、わしをじっと見とった。このひょろ松なら自分にも捕《と》らまえられるゆう自信持ったんやろな。わしが軒下を走り抜けたその後から、オッサンもドロボーてわめきながら、わしを追っかけ始めよった。五百メートルも行かんうちに、わしの背でドロボーの声は神輿《みこし》の掛け声みたいに鳴りどよめいて、千メートル近く走って、息が切れて捕らまえられたときは、追跡者は五十人くらいに増えとった。何とも情けないのは、その中に青洟《あおばな》垂らしとる小学生まで四、五人混じっとったことや。その時わしは、せめて子供にだけは馬鹿にされんよう、この次は出刃でも用意してから掻っ払いやろうと思うた」

「………」

「それはともかく、わしはすんなり刑務所送りになった。自分で転んで足擦《す》りむいたくせに、オバン、わしが押し倒して、力ずくでカバン奪ったと言い張りよったんや。こうなると、わしのやったことは単なる物盗《ものと》りやなしに、強奪いうことになるんや。どの道、死刑や無期懲役なんどの目のくらむよな輝かしい武勲を手にしたつわものから見れば、わしのやったこと、わしの受けた短い刑期なんどは、囚獄《ひとや》哲学的には無に等しい所業でしかあらへんことを、わしもようわきまえとった。おや大将、また笑ろうたな」

私は笑ってなどいませんでした。

「刑務所に哲学なんて高尚なもんがあるのか、言うんかいな。あるがな。刑務所ほど真面目な哲学が横溢《おういつ》してるところはない。服役囚ほど真剣な哲学者はおらん。刑務所哲学の根本要理は何か、やて？　それはな、犯罪者は罪を犯しとる最中《さなか》に、何者かの手によって脳天をぶち割られたり、どてっ腹に風穴開けられて、問答無用に抹殺されたかて、それは罪の報いとして当然であって、それに異存を唱えることは決して許されんゆうことや。罪の払う値は死……これは二《に》・二《にん》が四と同じように、無限の重みを持った絶対の真理、罪人、悪人だけやなしに、人間すべてが知っとる白日のごとくに明らかで、厳粛な真理なんや。真の堕落、それは人間が根源的に罪性を負ってるゆうことやない。へんてこな理屈、詭弁《きべん》を弄《ろう》して罪性に甘んじることが堕落なんや。この堕落を恐れるがゆえに、犯罪者にも真摯《しんし》な哲学ゆうもんが必要やし、必要やから、実際に存在もするんや。犯罪者にも、全生命を賭して実現すべき高邁な理念、理想ゆうもんがある。それは私刑（リンチ）の許されん厳格な法治国家の中、そう簡単には死刑の栄光などは与えてくれん、せちがらい裁判制度の中で、大いなる忍耐と誠実をもって、殉教者みたいに一歩一歩、死刑台の高みへ近づいて行くことや。だからこそ、一度、刑務所の飯食《めし》うた者は刑期満了や、その他もろもろの事情で娑婆へ追い出されても、帰巣本能に駆られた渡り鳥みたいに、必ずム所へ舞い戻って来る。死刑囚や無期懲役囚の栄光が犯罪者を奮い立たせるんや。生命を賭して手に入れた彼らの死刑、無期という目覚しい武功が、下々の軽輩者や雑輩者どもを、自分もその栄光にあやかりたいという限りない憧憬へと駆り立てるんや。病院で重病患者が一日おかれるように、刑務所でもより重く、より長い刑期の囚徒が敬い、尊ばれるんや」

「……」

「犯罪哲学を究極まで生き抜かれた不世出の先達《せんだつ》、石川五右衛門閣下は、釜茹での極刑に臨んで、泰然自若と一句をものされた。『石川や、浜の真砂は尽きるとも、世に盗人の種は尽きまじ』この世に罪ゆうもんがある限り、そして本当に真面目な犯罪者がおる限り、牢獄は不滅や。そして、牢獄には厳《おごそ》かな役目ちゅうもんがある。受刑者を真に鍛え上げ、逞《たくま》しい罪人に育て上げるゆう神聖な役目がな。国家にとって罪人、悪人の練磨、育成は不可欠の業務なんや。本来ならば、犯罪人などは即刻みな殺しにすればええ、それが一番手っ取り早うて、経費も少のうて安寧《あんねい》秩序を維持でける方法や。しかし世の中が善人ばかりで、なんの危険も憂いもない、無菌室みたいに完全無欠で、美しく、正しい場所、理想郷になれば、そもそも国家も、政治家も、裁判官も刑務官も役人もおらんかてええんや。国家は存続するために、威信を賭けて犯罪者を護《まも》り、育てなならん。監獄の厳しい規則と修練に耐え抜くだけの真剣さのないもんは、早々に真人間に立ち返って、金輪際《こんりんざい》、犯罪なんぞに手を染めんこっちゃ。刑務所で最下等の人間、一番のカス、鼻持ちならん背徳者、それは自分の罪科を女学生みたいに後悔、反省してめそめそ、ぐずぐず、煮え切らんやっちゃ。死刑台への不退転の決意を持たんで、物欲や虚栄心から罪を犯す奴らや。半端《はんぱ》な人間には娑婆にも安住の地はないが、ム所にかて、そんな奴らが安穏に暮らせる場所はないのや」

「……」

「獄屋暮らしも悪ない……これがム所にぶち込まれて手にした紛れのないわしの実感やった。何もかも失のうて、あげくの果てに、その場でぶち殺されても申し開きのできん犯罪に手を染めたわし……罪の払う値は死の掟を犯したわしを、刑務所は殺さずに、生かしといてくれたんや」

「……」

「ここしか自分の住処はない。わしはすぐにそう直感した。すると刑務所のまずいメシも、ひねくれ、捻《ね》じ曲がった囚人どもの狡猾、陰険、獰猛《どうもう》も、看守の謹厳実直、冷酷無情も何一つとして耐えられんものはなかった。わしは刑務所で初めて、誰の手も借りんと、自分自身の手で、娑婆では絶対に与えられんかった正真正銘の安堵ゆうもんを摑み取ることができたんや。わしは、生まれて初めて、自分が行為したことの正味の報酬ちゅうもんを刑務所で払うてもろた」

「……」

「物心ついた時分から、どうにもならん臆病さ……死、滅びに対する無限の恐れから生まれる小心が原因で、ちょっとでも怖いもの、恐ろしいものを見たり、触れたりすると、狂ったみたいに泣き叫んだり、逃げまわっとったわしは四六時中、皆から笑われ、からかわれ、脅され、怒られ、小突きまわされ、追い立てられた。万人にとって無料《ただ》であるはずの空気さえ、気兼ねなしに胸一杯吸うたことはなかった。人の気に触りはせんか、腹立ちの種になりはせんかと年中びくびくもんで、お天道さんの無尽蔵の光でさえ、わしが浴びる分としては影や闇のところしか残っとらん気がした。わしみたいに愚図で、不器用な人間は、人の力を逆手《さかて》に取って利用する道化師、太鼓持ちになることもでけん。意気地《いくじ》なしやから、返り討ちにされるのが恐《おと》ろしいて、たちの悪いいたずら仕掛けられても、復讐するだけの勇気もない。何かどえらいことやらかして、人をあっと言わせ、鼻をあかし、見返してやるだけの胆力も才覚もない。背中が曲がるほど汗水垂らし、懸命に働いたかて、これこそ自分のもんと安心でけるもん、わしには何ひとつあらへんのや」

「……」

「ところが、夢にも思わんところに光明があった。死を覚悟して犯した犯罪に、牢獄に救いはあった。わしみたいな微々たる罪しか犯さなんだ駆け出しもんにも、それなりの確かな手ごたえのある見返りが監房の中にはちゃんとあったんや。歯ブラシ、コップ、下着、夜具等々、役所から支給される物、品、これ、確かにわしだけの所有物で、誰も横車押して、それをわしから奪い取ることはでけん」

「……」

「一つの行為に対して、これほど確実で、公平な報酬を与えてくれるところは、この世で監獄以外のどこにもあらへん。おや大将、それ何やねん、またまた気色悪い笑い浮かべてからに。わし、真面目に話しとるんやで」

「罪の中に救いなんかありゃしないよ。刑務所が光明に満ちてるなんて、あんたはとんでもない出まかせを言ってるんだ。あんた白身、不毛と知り抜いている囚獄《ひとや》哲学とやらを、こうもしたり顔で振り回されたんじゃ、奴《やつこ》さん、全体何のつもりなんだろうと、薄笑いのひとつも洩《も》らしたくなろうじゃないか」

「笑ろたらあかん。そんな不謹慎なことしたらあかん。日本中にはいくつもの刑務所があって、その中に何百、何千人という囚徒が収監されとって、遠大なる理想に向かって日夜、刻苦精励しとる。大将、その比類のない真剣さを侮《あなど》り、笑いもんにする気いかいな。娑婆のやわな人間どもが三日と耐えられずに音《ね》を上げる労苦に満ちた日々を何年も、何十年も忍んどる受刑者の努力が不毛、不作に過ぎんとは大将、こら一体どういうこっちゃ。世界の、日本のどこを、どう捜せば、これほどの真摯と峻厳と高邁の支配する領域があると言うんや。どんなに厳格で苛酷な娑婆の職場や訓練所にかて盆、暮れ、日曜、祭日には外に出て、手を休め、息を継ぎ、遊び、戯《たわむ》れる自由と慰安が与えられる。そういう世間の安穏《あんのん》、逸楽《いつらく》の日々においてさえ、囚徒は自らを律し、じっと塀の中で隠忍自重、切磋琢磨して、輝かしき日の到来に備えとるんや。これほど規則正しく、清浄に満ちた世界はどこにもない。あるとしたら、たった一ヶ所、禅僧の修行場、福井県の永平寺ぐらいのもんや。でも、そこの雲水学人かて、一定の禅林生活を終えて、娑婆へ戻って来れば、いつしか俗塵《ぞくじん》にまみれた、鼻持ちならんなまくら坊主に成り下がらんとも限らんのや。凜然《りんぜん》たる獄屋の空気を三日も胸底深く吸い溜《た》めた経験のある者なら、臭気紛々たる娑婆の低俗、堕落なんぞに、ものの一分と我慢できるもんやない。刑務所だけが真に何かを学び、所有できる唯一の場所や。一人ひとりの受刑者が、罪の払う値は死なりという生の厳粛な真実を、掛け値なしの目眩めく不安と恐怖の中で手に入れた本物の罪悪の成果を握りしめて、必死で生きとるんや。そういう彼らを刑務官、弁護士、検察官、裁判官などの司法関係者つまり、国の俊秀逸材が総力を上げて見守っとるんや。怠けたり、諦めたり、挫折したりしたら申し訳ない話や。囚人は一身を賭して罪の理想を実現してこそ、初めて国家の尊くもかたじけない恩義に報いることができるんや。罪の理想て何かやて?」

「……………」

「さっきも言うた通り、死刑台の高みへと昇りつめることや。イエス・キリストが艱難辛《かんなんしん》苦《く》を経て、十字架の上で事切《ことき》れはったように、囚徒の真の理想も、全ての人間から笑われ、蔑まれ、憎まれ、唾《つば》を吐きかけられ、全ての者から見放されて、一人で、神ならぬ魔王の厳正無比なる審判を受けることや。平土間から十三段昇った絞首台……そこは年に五、六人、特別に選ばれた者だけがやっとのことで辿り着ける、囚徒にとっての至高の場所、栄光の玉座や。国に一人しかおらん内閣総理大臣さえ、年に二度や三度も代わることがあること思うたら、死刑囚は総理大臣並みの超エリート、選民や。いんや、総理大臣なんか、あれよあれよという間になれるかもしれん。けど、死刑囚に幸運、僥倖はない。死刑囚は何かの風の吹き回しで、皆が寄ってたかって、わっと担ぎ上げれば、何の苦労もせんと、その地位と名誉を自分自身の血で、肉で、汗で、恥辱《ちじょく》で、苦痛で購《あがな》い取るんや。誰の手も借りんと、たった一人だけで、孤独の重荷に耐えながら、少しずつ不朽の高みへ昇りつめて行くんや」

「………」

「両親から見限られ、兄弟姉妹からうとまれ、知人友人から蔑まれ、親類縁者から笑われ、善男善女どもから追い立てられ、足蹴にされて、やっと罪人は絞首台や、ギロチン、ガス室、電気椅子へと辿り着くことができるんや。囚人には健全で、強靭な精神が何にも増して必要や。どこか頭がおかしなって心神耗弱《こうじゃく》、精神喪失なんぞの烙印《らくいん》押されたらその時点で、そいつは真正の囚徒たるの落第、失格生や。後世の語り草、模範、鑑《かがみ》となる高潔無類の死刑囚となること、このことこそが真面目な囚徒の究極の目標や。キリストが何の財産、地位も持たんと、一切の恥辱、嘲笑、殴打《おうだ》を耐え抜いて十字架の高みで絶命しはったように、罪の重荷を背負った囚人も、無一物のままに死刑台の高みで息を引き取るんや……大将、また笑ろたな。もう堪忍袋《かんにんぶくろ》の緒《お》が切れた」

「あんたが獄屋住まいの経験者であることは認める。死刑囚になることを最高の理想、栄光とする歪み、ねじれを通り越して、完全に逆立ちした……つまり、キリストとは正反対の、転倒した不毛の犯罪心理、囚獄《ひとや》哲学なるものが存在することも認める。でも、あんたには、そんなふざけた理屈をはねつけるだけのまともさがある」

「………」

四

「悪人どもに大いなる同情、共感を示しつつも、あんた自身は完全にそれに染まらぬだけの健全さがある。悪は生の理想、理念、希望、光明、救いたりえない」

「あるとしたら……大将、ほんまにわしにちびっとでもまともさが残ってるとしたら、それは全て女房のおかげ……死んだ女房のおかげや」

「やれやれ、またぞろ泉下《せんか》の客人のお出ましかい」

「女房がわしのところへ来てくれなんだら、わし全力を上げて、死刑を最高の誉《ほま》れとする真正の悪の道へ踏み込んどったと思うわ。悪を犯し得るのも人間の特権なんや。逸脱を許されん本能、規則、必然性を生きとる動物には、自由はない。自由がないから、悪も犯し得ない。自由は死を恐れ、それを克服、超越しようとする精神だけが持つもので、自由とはつまり無限と必然、有限と永遠のいずれかを選び取る決断、意志のことや。法則、必然だけを生きとる動物に自由はなく、従って動物は悪を犯さず、犯し得ない。自由を容認し、尊ぶ以上、悪もその存在を容認しなければならん。悪が滅亡すれば、少なくとも精神としての人間も滅亡する。人間存在は悪や罪と密接不離の関係にある。せやから、悪、不義、不正かて、人間存在の確証、証明とならんものでもないのや。ダイヤモンドや黄金が貴重なんは、それを発見、採掘するのに莫大な手間ひまがかかるからや。それが河原の石ころみたいにどこにでも転がっとって、手を伸ばすだけで好きなだけ誰の手にも入るんやったら、誰もそないなもんは有り難がらんし、その価値はゼロ、無や。人間かて、ようけ努力し、ようけ苦しみ、他人より多く犠牲払《はろ》うて何かを手に入れたもんが尊ばれる」

「……」

「刑務所かて、尊崇《そんすう》の的となるんは、より重い罪を犯した者たちや。それだけ危ない目に遭うたんやし、それだけ刑罰も重く、長《なご》うなって、苦しみも増えるんやから、わしみたいなチンケな掻っ払いなんどが赤子扱いされて、鼻の先でせせら笑われるのも当然と言えば、当然の話や。侮蔑、嘲笑が骨身にこたえる苦痛、悲哀であること、これは善人にとっても悪人にとっても同んなじこっちゃ。侮辱、嘲笑、軽蔑を封じるために、娑婆で人は富貴栄達、博覧強記を目指す。獄舎では、少しでも重い罪を犯して人の敬慕を得ることが、少なくとも周りの有象《うぞう》無象《むぞう》どもの侮り、嘲笑を受けんだけの重罪人になることが秘《ひそ》かで、確固とした目標となる。ほして、この目標がしっかり定まり、不抜の意志となるとき、人は本

ものの犯罪者、悪人になるんや。以後、彼らにとって犯罪への女々しい悔悟、後悔、善へ
の憧憬、立ち返りなんどは唾棄《だき》すべき変節、笑止千万な腐敗、堕落となるんや。悪党にも
聖者と同じ、大いなる情熱、忍耐心、克己心がいる。ところがわしの場合、悪への決意が
固まるあわやその寸前に女房が来て、わしを助け出してくれた」
「……」

「やっとこれぞ自分のものと安心のでけるものが与えられて、獄囚であることも悪るない
と思っとった最初の頃……獄舎を安住の地と肚に決めたわしは、それなりの努力をしたも
んや。刑務所の高く頑丈な塀を、ごっつい鉄格子を、がんじ絡めのいろんな規則を、謹厳
な看守を、粗末な食事を、陰険、残忍、狂暴、ありとあらゆる悪徳を、しおらしい従順、
寡黙の下に押し込めた囚人を好きになろうとした。そしてある晩、死んだ女房が、わしの
寝とる監房へやって来てくれてからは、わしは牢獄いうもんを好きになるだけやあかん、
女房に対する感謝の念から、彼女が訪れてくれる獄舎を心を尽くし、身を尽くして愛さな
んだらあかんと思うようになった」

「どこまで続く虚妄のぬかるみぞ。俺は耳を掩《おお》いたくなった」

「なら、耳を塞ぐなり、眠るなり勝手にしなはれ。わし、人に語るより、自分自身に向か

って話しとるのかもしれんよってにな。独り言言うのん、これ入獄経験者がいつの間にか身につける習性のひとつなんや。これにもれっきとした心理学的根拠っちゅうもんがあるんやけど大将、そないなもん聞きたくもないいうような顔しとるな。ほな、やめた」

「……」

「それにしても、女房はちょっともわしを恨んでなかったんやわ。生きてたときと同じように心底からわしを愛しとってくれたんやわ」

「……」

「そりゃ初めの頃、脇腹をぎゅっと鉄のような鋭い爪で摑んで、ぐっすり眠り込んどるわしを、いや応もなく目覚めさせる女らしゅうもない、妖魔変化の来襲を思わせる荒っぽいやり口を見たときは、激痛のあまり、そいつは恨みつらみに満ちて、てっきり、わしを取り殺しに来よったと思うた。その時、わしはほとんど虫の息の苦しさにあえぎながら、女房に言うたもんや。『今さらわしをなぶり殺しにしたところで、冥土《めいど》のみやげにも何にもならんぞ。殺すだけの値打ちもない、南京虫みたいに取り柄《え》のないわしやさかいにな』」

「……」

「でも何度もやって来るうちに、わしには女房が殺しに来たんでも、苦しめ悩ますために訪れたんでもないことが分かってきた。どこまでも臆病小胆《しょうたん》にできとるわしの貧しい心が、眠ったわしを意識と無意識という実に微妙な領域で目覚めさせようとする、女房の繊細《せんさい》かつ巧妙な手腕を、復讐と勘違いしたに過ぎんことが分かった。それが証拠に、どうにか女房の注文、思惑どおりに目覚めることができたわしの前に、女房は天使みたいな柔和な微笑を浮かべとったんや」

「意識と無意識の中間だって？　人に、そんなややこしい領域があるのかい？」

「あるんや。早や手回しに言うとくけど、証明不能や。いや、それは証明不能やなしに、真実を愛し、探究心旺盛な心理学者や生理学者たちがとっくの昔に発見しとる領野かもしれん」

「天使みたいな柔和な微笑を浮かべてただって？　死んだ奥さんのほかに、あんたは天使の微笑まで見たのかい？　本当は、何も見てやしないのじゃないのかい？」

「………」

「あるとき、俺は一人の女が、あたし昨日、弥勒菩薩に会ったのよ、と嬉しそうな口調で言うのを聞いたことがある。釈迦入滅後、五十六億七千万年後にこの世界に現われて衆生を救うという、ふざけた菩薩だ。五十六億七千万年後だぜ……。その菩薩に会ったとあんまり自信たっぷりで、得意そうなので、それが癪《しゃく》で、俺は言ってやった。菩薩には日光菩薩、月光菩薩、勢至菩薩、文殊菩薩、観音菩薩、地蔵菩薩、虚空蔵菩薩、といろいろあるが、どうしてそれが勢至菩薩でも文殊菩薩でもなく、ほかならぬ弥勒菩薩だと分かったのかと聞くと、向こうはむっとなって、黙ったまま俺を睨みつけてたよ。一体、天使って、どんな姿かたちをしてるんだい？」

「天使の微笑ちゅうのは言葉の綾《あや》や。表現の技巧っちゅうやっちゃ。つまり、女房はそれほど言うに言われん柔和な微笑を浮かべとったということや」

「ほんとに奥さんの微笑は、何とも言えぬ柔和な微笑だったのかい？」

「いや、よう考えてみると、柔和やなかったかもしれんな」

「ほんとに微笑を浮かべてたのかい？」

「いや、つくづく冷静に思い返してみると、あれは微笑やなかったかもしれん」

「あんたの前に現われたのは、本当に奥さんだったのかい？　願望が凝り固まると、それはひとつの幻影となってその人の前に現われるというが、あんたもまた見たいと念願したものを幻覚で見たに過ぎないのだ」

「でも大将、わし、これだけは天地神明に誓って言うけど、わし、死んだ女房に会いたいなどいう願望を持ったこと一度もないし、まして、必死になって会うことを念じたことなどさらさらない。わしが全力を上げて念願したこと、それは女房を記憶から完全に消し去ること……。髪の毛一本ほどの思い出すら残らんように、その姿を拭い去ることや。思い出せばきりきり舞いしたくなる恥ずかしさ、苦しさ、悲しさ、惨めさしか残さん記憶は、できるだけ遠く、完全に忘れ去ろう、捨て去ろうとするのが人間の防衛本能いうやっちゃ。ほして、ほんまに女房のこと忘れかけてたころ、向こうから、わしの願望なんぞにとんとお構《かま》いなしに現われたんや」

「それが奥さんだという証拠は？」

「女っちゅうもんを、わしは女房以外には知らんのや。で、わしは考えた。直接手を掛けたわけやないにしても、言わばわしに殺されたも同然の女房が、何で恨みつらみのない清浄な笑みを浮かべて、わしの前に出て来られるんやろ。わしは考えた。鉄格子の中で、誰にも邪魔されんと、一人でゆっくり考えた。

わしは女房が好きやった。好きで好きでたまらんかった。あんまり好きやったから、この愛を傷つけ、損ない、裏切るかもしれない彼女のどんな小さな素振り、思いにも耐えられなくなったわしは、それが苦しゅうて、おとろしゅうて、いっそのこと女房が人のもんになった方がなんぼか気楽やと思うようになった。確かに、これは男らしゅうもない卑屈で臆病な姿勢やったかもしれん。でも、わしは人のもんになった女房を憎まずにいる自信はあった。あんまり愛し過ぎるんは、これはもうある種の病気かもしれんな」

「……」

「でも、わしは女房が好きやった。絞首刑になっても、野垂《のた》れ死にしても、これだけは自信を持って言える。神様が虫メガネ使《つこ》うて仔細に検《しら》べはっても、閻魔《えんま》さんがわしの身の皮を引き剝がして、蚤取《のみと》り眼《まなこ》で捜しはっても、わしの女房に対する愛に、針の先ほどの嘘、偽《いつわ》りも見つけることはできはらへんはずや」

「……」

「なあ大将、実際のはなし、女によって救われんかったら、男は何によって救われると思う？　愛する女の優しい眼差し、まことの献身ゆうもんがなかったら巨万の富が、世界に対する生殺与奪の権威、権能が男にとって何の役に立つと思う？　百人の男のうち、九十九人までが女によって救われると言うてはるキルケゴールのような思想家もいやはるんや。けだし、名言ちゅうのは、こんな言葉のことを言うのや。

キルケゴールは続けて言うてはる。残りの一人が直接、神の恩寵《おんちょう》によって救われる、てな。神の恩寵なんどにあずかるべくもないわしら凡俗の徒は、せやから、何が何でも女による救いにはあずからななららんのや」

「……」

「大将、驚かんといてや。女房に対する正真正銘の愛情を残らずすっかり知っとったのは神様でもなければ閻魔さんでもなく、ほかならぬ女房自身やったんやわ。せやから、女房はわしのところへ帰って来てくれたんやわ。いざ来てくれたとなると、聞きたいこと、尋ねたいことは山ほどある。でも、女房はわしが何尋ねても、うんともすんとも言わん。ただ、うっとりするような微笑をたたえたままや。しかも、決して刑務所以外のところには来てくれんのや。どや、大将、これで分かったやろ。二億円の押し込み強盗に失敗して、またぞろ刑務所送りになっても、ちっともかめへん言うた訳が……」

「いや、分からんね、さっぱり分からん。仮初めにも、奥さんのやって来る牢獄を全身全霊をもって愛しているんなら、どうして二億円だか五千万円だかを強奪して、人の寄りつかない、辺鄙《へんぴ》な山奥に住処を持つ必要があるんだい。あんたの話は、肝心なところで全然辻褄《つじつま》が合ってないじゃないか」

「確かにおかしい。刑務所以外の場所では、女房がわしのところにやって来んゆうのはどう考えてもおかしい。刑務所には、誰もが好きな時に入所でけるわけやない。囹圄《れいご》の身となるには、厳しい資格、審査が要《い》る。犯罪の構成要件、つまり、刑法を犯すようなことを実際にやって、それが違法かつ有責であるという裁判官の厳正な認定証をもらわんことには……。つまり、有罪の判決を手に入れんことには誰も、何人《なんびと》も受刑者にはなれん。そして、この許可証が出るゆうことは、眼《まなこ》ひん剝《む》いてよく見れば、世間には必ず犯罪の被害者がおるゆうことや。せやろ?」

「その通り」

「あの気立ての優しい女房が、キリストを師とも救い主とも仰ぐ一人の女が、罪もない市《し》井《せい》の人間を足蹴《あしげ》にし、苦しめ、悲しめ、悩ましてまで入所許可証を手に入れるよう唆《そそのか》すなんて……言わば犯罪を使嗾《しそう》し、悪事に加担、参加するなんて、わしにはとうてい納得の行かんことやった。ほんまに女房が罪のない浄福の世界に住み、真の愛情をもってわしを見守っていてくれるんなら、牢獄だけやなしに、誰に被害を加えることもなしに踏みとどまっておられる娑婆におったかて、やっぱり来てくれるはずやと思うた。事実、やって来てくれた。と言うても、一ぺんだけやけどな」

「……」

「出所したての去年のちょうど今時分のことや。寒気の厳しい去年の今ごろ、わし、ある長尺屋根の職人さんたちと一緒に、島根県の山の中の工事現場に行っとった。大阪の釜ヶ崎や東京の山谷、百人町の『溜まり場』が有り難いんは、そこでは人の過去、前科のある無しなんぞ一切詮索されず、問われるのは、ただ、ちゃんと働く気があるかどうかということだけや」

「それで?」

「で、わしは雇われて島根の山の中へ行った。泊まり込んどる旅館を出るときは真っ青で晴れ渡っとるのが、三十分かかって車で現場へ着くと、とても仕事どころやない大雪が降り出すような、猫の目みたいにぐるぐる変わる悪天候が何日も続いて、職人さんたちは、天気が落ち着くのを待って、再度出直すことにして、わし一人だけを残して、大阪へ引き上げて行かはった。何でわし一人だけが残ったかというと、濡《ぬ》れたら使いもんにならん高価な断熱材が、防水シートをかぶせただけの状態で野積みしてあって、シートが風に飛ばされたり、穴があいて水びたしにならんよう見張りする必要があったんで、わしだけ残されたんや。一日に一度、現場へ行って、異常のある無しを確かめて、必要な処置を施せばええだけの、すこぶるのんきな仕事で、それが終わると、爺さんと婆さん二人だけでやっとる民宿みたいな旅館で好きにしてられた」

「……」

「音もなく降りしきる雪の真夜中に、わし、脇腹をぎゅっと鉤爪で摑まれて目を覚ましたら、そこに女房がおった。ひと言もしゃべらんと、すぐどっかへ行きよったけど、とにかく、牢獄以外の場所にも女房は訪れてくれたんや。でも、それが一回きりやった。一度だけでも、この娑婆で女房に会えるという確信を持つには十分やった」

「……」

「今、ここでせっせと働いて、二十万円も手に入れてアパートを借りたら、そこへも女房は来てくれるやろか？　あの島根の山奥みたいな静かなところに、一億円も持って、寒暑、飢渇《きかつ》の憂いを逃れて引きこもったら、そこへ来てくれるだろうことは確かやけど、それ以上に確かなんは、飯場暮らしや、ドヤ住まいの窮屈で、騒々しいところへは決して来てくれんちゅうことや。何がなんでも二十万円手に入れて、静かなアパート借りたいとこやけど、取りあえずわしの手元にあるのんは、大将と一緒に汗水垂らして稼いだまともな金、誰に文句言われる筋合いのない、真面目な労働の対価やけど、何さま四、五万円のはした金じゃ、どもこもならん」

「なるほどね。すると、俺が現場へ舞い戻って、あんたとU字溝入れの仕事をすりゃ、少なくとも、部屋を借りる金は手に入るわけだな」

「せや」

「でも、俺は現場へは戻らんぜ」

「いやや言うもん、首に縄をかけて引っ張って行くわけにもいかんしな。こうなりゃ一か八か、競輪に賭けるしかないわ」

「これだものな。地に這いつくばってでも、石にかじりついてでも部屋を借りる意志がないのは、とどの詰まり、あんたが奥さんから与えられる救いの力とやらを心の底からは信じていないからなのだ。そりゃそうだろうさ。一度他界した人間が再び現われて、生きた人間にどんな形でにしろ、働きかけるはずもないからだ。何から、どう立ち直るにしろ、あんたが立ち直るのに俺は何の異存、不服がある訳じゃないが、それにしても、あんたは実に怪《あや》しげなもの、不可解なものを立ち直りの機縁、よすがにしようとしている。はっきり言って、あんたは有り得ぬこと、無、幻想を足掛かりにして立ち上がろうとしているのだ。だからこそ、こうも安易に無から無へと……バクチでひと儲けしようなどという絵空事、幻夢へと飛躍し得るのだ。もう一度聞くが、本当にあんたは亡き奥さんを夢、幻以外の、何か現実性を帯びた実体として見たのかい？」

「見た、見た、見ただけやない。わし、女房の体に触れ、その温もりを感じ、触れることの快さ、甘さを味わったのや。そうやって感じ、見たがゆえに、わしは今や女房を真に所有しとるんや、所有されとるのかもしれんけどな。所有し、所有されとるがゆえに、わしは存在しとるんや。言葉が肉になった……聖書にそう書いてあるやろ？」

「どの聖書にそんなことが書いてあるんだい？」

「ム所の蔵書室にあった聖書にそう書いてあった。どこにあったかて、聖書は聖書やろ。いやしくも、いつぞやパウロのことをちらりとでも口にした大将が、どの聖書なんて、とぼけたことをよく言うわ」

「……」

「言葉が肉になった——ヨハネ福音書の第一章にそう書いてあった、あ、さよか、言葉が肉になったんかいな。ケッタイなこともあればあるもんや。言葉が牛肉や鶏肉《とりにく》みたいな肉になるなんて、言葉が肉や感情を具えた肉体……人になるなんて。どの言葉が、どうやって肉身となったんやろか？　でも、聖書にはいろんな不思議なことが書いてあるさかいに、言葉かて、どんなふうにかして肉体にならんとも限らん……そない思うて、あんまり深く考えもせんかった。でも、何やら知らん、イガみたいに心の奥に引っ掛かっとった。あんまり突拍子《とっぴょうし》もないことやよってにな。アメーバやバクテリアなんどが少しずつでも進化して原生動物、節足動物、脊椎《せきつい》動物となって、やがて人間になった言うんなら、分からんこともない。なんぼ小さかろうと、アメーバでもバクテリアでも、とにかく現実に存在する生物には違いないんやからな。

けど、言葉が肉体になったは、あんまり奇抜で、いやでも疑問が残る。しかし、霊体と言うたらええんか、幽体と名付けたらええのか、とにかく、女房がそんなもんになってやって来てくれたとき、わしは、言葉が肉になった、という意味が少し分かったよな気がした。聖書の中には、死んだ人間が再び血肉を具えて甦《よみがえ》る話がいくつもある。いずれも、愛というものの力によって生き返るんや。言葉を愛に置き換えて、広大無辺な愛が肉になった……イエス・キリストは愛そのものとして、生身の血肉、情感、精神を具えた人間となってこの世に現われた……こう考えると、すんなり納得が行く。イエス・キリストは現象した……つまり、現実となった永遠の生命や。人間・精神の究極が満たされ、実現した形こそキリストや」

「それが、死んだ奥さんと何の関係があるんだい？　奥さんはクリスチャンとして、多少なりとも、復活したというイエス・キリストと関わりがあったとでも言うのかい？」

「クリスチャンやなかったけど、まあとにかく、キリスト教徒ではあったかもしれん」

「また訳の分からないことを言う。キリスト教徒のことをクリスチャンと言うんだよ」

「どこぞの教会に属しているんでもなく、神父や牧師からうやうやしく洗礼を施された訳でもなく、小学校の教師やった和歌山の叔母さんに勧められてキリストを信じるようになったんや。聖書を前にして、顔突き合わせて、何やらむにゃむにゃひそひそ話し込んどるたった二人だけの信者でも、えらそうにクリスチャン言うんかいな？　聖歌もなければ、説教、礼拝もない二人だけのキリスト教徒なんて、もぐりのキリスト教徒かもしれん。もぐりという言葉が悪ければ、あの二人はキリスト同好会、キリスト・ファンクラブの準クリスチャンともいうべき存在で、五万、十万の信徒を擁する教会の正統クリスチャンとはちゃう。キリストから仮に何か恵みを貰うにしても、たった二人じゃ、残り物、お余りのちょぼっとしたもんしか貰えんかもしれん」

「キリストは多くの非合理、不条理に包まれているがゆえに、彼を本当に言葉通りに神の子と信じるのは容易なことじゃない。多くの躓《つまず》きを克服して、キリストを救い主と心から信じていれば、たった一人の信者だろうと、れっきとしたキリスト教徒さ。二人、または三人がわたしの名によって集まるところには、わたしもそこにいる、とはイエス自身の言葉だ。真にキリスト教徒たらんとすれば、人は五万、十万、百万人の信徒の一員となるんじゃなく、単独で神に向き合うべきだ。信者が多くなればなるほど、そこで顕著となるのは人間が支配する政治、思惑《おもわく》であって、真の救いからはかえって遠ざかって行くということも起こり得るのだ」

「何や、しち面倒くさいことは分からんけど、中学生なみの頭脳しか持っとらんわしにも確実に分かっとること……それは、望もうが望むまいが、人間は自然界の動物と違うて必然性、有限性、機械性、生者必滅の法則を決して心の底では容認せず、自由、永遠、絶対者を求める精神としての存在たるべく宿命づけられ、呪われてあるからには、自由と無限の体現者、つまり永遠の生命の具現者、救世主は存在しなければならん、いうことや。それは科学やなしに、単なる信仰に過ぎん言うなら、信仰で結構や。わたしは道であり、生命《いのち》である。わたしを信じる者は永遠に生きる……イエス・キリストはそう言わはった。それを信じないでおれる力、自信はわしにはない。ましてや、小賢しく、傲慢にその言葉、約束を無視したり、疑ったり、否定する力はなおさらない」

「……………」

「信仰は幻想であり……強迫神経症の所産に過ぎず、人間の白痴化を目ざす麻酔剤、毒薬であると主張しはる、精神分析の祖、フロイト博士みたいな無神論者、反神論者もいやはる。しかし、どんなに骨髄に徹した無神論者にかて、何らかの救い、希望は必要なんや」

「……」

「ところが無神論的科学者、つまり、およその理性万能主義者が与えるものこそ、何のことはない夢、幻に過ぎん。彼らが与えるのは今、現在の救い、慰めやなしに、将来は、人間は科学が創り出すあれこれの輝かしい成果を享受《きょうじゅ》するだろうという楽観的な約束手形でしかあらへん。確かに確実性、明証性、普遍性、客観性を根幹とする科学は将来、多くの夢、希望を実現、達成するやろう。一世紀、五世紀、十世紀に生きた人間から見れば、二十世紀の科学が実現、創出した業績は驚嘆にも賞賛にも値するやろう。

しかし、現代の我々が五世紀、十世紀の往古の人間より本当に幸福かと言えば、決してそんなことはない。相変わらず有限性、必然性、生者必滅の法則はこの世に厳然と君臨し、医学や生化学の目覚しい進歩、発展は何年か、何十年か人間の寿命を延ばすことには成功したかもしれんが、しかし死を根底から打倒、克服した訳やない。狂信的信仰者をも顔色なからしめるほどの熱意をもって、科学者たちは、死を欺《あざむ》くためやなしに、死を滅ぼし、死を叩き伏せるために全力を傾けとる。何しろ、それは金にも名誉にもなるんやさかいにな。一ヶ月、一年の寿命を買い取るという、それだけのためにも金に糸目をつけん、という人間は無数にいるんや。でも、わしら金も無ければ名も無き庶民蒼生《そうせい》が欲しいのは、将来、いつの日か克服、滅亡させられる死ではなく、今、現に生きているわしらを根底から脅かし、苦しめる死、滅び、無が我々の目の黒いうちに克服され、生きながら永遠の救い、生命にあずかることや」

「………」

「イエスが単純、明快に、世界の歴史のどこをどう探索しても決して見つけ出すことのできない真摯、誠実をもって与えると約束しはった永遠の生命……それは将来の人間に対してではなく、今、現に生き、恐れとおののきをもって死・無・滅びの脅威、暴慢と対峙しとる人間に向かってや」

「………」

「イエスによって復活させられたラザロみたいに、生ま身の人間として現われたのではないにしても、霊体、幽体とも言うべき不完全な形で女房が現われたに過ぎないにしても、今のわしにはそれで十分や。幽体は、永遠の世界の奥義をわしに明かしてくれるかもしれんよってにな。わし、ほんまに永遠の生命を手に入れることができるかもしれんよってにな」

「しかし、聖書の救いの業《わざ》に幽体や霊体なんて奇妙なものは出現しない。幽体、霊体、要するに彼岸の世界、冥界、死後の世界の亡者が此岸《しがん》、この世にいる者たちを直接的に救うのだったら、生者のための神の一切合切の救いの業は無用だということになる。少なくともキリストは、神は死んだ者の神ではなく、生きている者の神であると断言している」

「………」

新世界

一

「一体、真実のところ、奥さんは何のためにやって来るんだい？　もちろん、単なる夢、幻以上のもの……霊体だか幽体だか知らんが、触知可能な生々《なまなま》しさを帯びて、死んだ者が生者のもとへやって来るとしたら、それ自体が奇跡とも言うべき大事件だ。たとい、うんともすんとも何ひとつ言葉を発しないにしてもだ。しかし、それが現われるのが意識と無意識の中間という、妙ちくりんな場所なのはどうしてだい？」

「そないにやいのやいのとせっ突かれても、わしかて残らずすっかり分かってる訳やない。禅行にでも励んどるんなら、あ、分かった、これで万事解決ゆう、有り難い、一発的中の豁然《かつぜん》たる悟達《ごたつ》の境地ゆうのんがあるかもしれんけど、わしの世界に究極の領域なんてあらへん。何が難しい言うて、在るものを、どうして在るのかと訊《たず》ねられるほど難しいもんはない。在るから在る。意識と無意識の中間……例えば金縛《かなしば》りの現象が生じ、幽体が現われる場っちゅうもんはあるんや。それは感性、悟性、理性ちゅう、存在を確知するための普遍、客観的な認識器官では感知できんかもしれん。だから笑いもんにされたり、誤解されたり、変人、奇人扱いにされるのんを畏《おそ》れて、人はその存在、作用に気づいとっても、敢えて口に出さんのかもしれん。あるいは、それを明確、判明に語る言葉を持たないがゆえに、黙して語らんのかもしれん」

「しかし、本当のところ、どんな形でにしろ、一度死んだ人間が、例えば幽体として現われる荒唐無稽な現象は信じられんよ。確かに永遠の生命の象徴として、聖書の世界では死者の復活が描かれている。しかし別の面から言えば、復活は死の価値を愚弄《ぐろう》することだ。死の尊厳性に赤んべをすること……死の体面、沽券《こけん》を傷つけ、踏みにじることだ。生命の維持、存続に限りあるこの世界で、死は不可欠なものだ。生まれたものが死を味わうことなく、そのまま永遠にこの世に留まるとすれば、世界はたちまち生命で溢《あふ》れ返り、存続不能となってしまう。従って死は生のための絶対必要条件でもある。少なくとも自然界の動物にとって、これは従順に従うべき法則で、この法則に誤りがありでもするかのように死を嘆き、悲しむ動物はいない。あんたにだって死の必要性は分かるだろう？」

「分かるけど、でも分からん。理屈では分かるけど、心情においては、死はどうしても容認できん。人間だけが死を宜《うべな》わず、死に順応しない」

「まさにそのこと、死の悲惨を克服することが信仰の目的だとしても……」

「わしみたいな阿呆《あほ》の前に、この世で最も困難なこと、死を乗り越えた存在としての幽体が現われるのは信じられん、と言いたいんやろ？」

「いや、どこまでも信じられないのは、果たしてあんたの前に現われたのが、死んだ奥さんかどうかということだよ。実際の話が、現われてもうんともすんとも言わないのに、どうしてそれが奥さんだと証拠立てることができるんだい？　女は女房以外に知らん、なんてのは証明にならん。世の中には奥さんと瓜ふたつの女だっていないとは限らん」

「では大将、とにもかくにも、女が現われた、ということだけは認めてくれるんやな？」

「多分、何かは現われたんだろう。何としても奇妙なのは、現われるはずがなく、現われる資格、条件もないのに幽体が出現したということだよ」

「そりゃ、どういうことやねん？」

「奥さんを侮辱するわけじゃないが、彼女はいかなる形でにしろ、甦《よみがえ》る資格を欠いているのだ」

「甦るための資格て何やねん?」

「信仰だよ」

「信仰? 叔母さんと二人だけの、みすぼらしい、信仰とも言えんようなつつましい信仰では、何事かを成し遂げる力、資格、条件は手にすることができん、言うのかい?」

「そんな愚劣なことを言ってるんじゃない。西さん、あんた、奥さんは自殺した、と言ったよな?」

「………」

「鉄道に飛び込んで自殺した、と言ったよな」

「………」

「言ったよな?」

「ああ、言うた」

「本当は、奥さんはあんたを心から愛していたのだ、とも言ったよな?」

「それは、ほんまのこっちゃ」

「ところが、奥さんはあんたをちっとも愛してもいなければ信じてもいなかったんだ。愛することに倦《う》み、疲れ、信じることに挫折し、絶望して死を選んだのだ。もし本当に死んだのならだ」

「……」

「正真正銘のキリスト教徒だって失意に襲われ、落胆もすれば絶望もし、生粋のクリスチャンだって、信仰を失えば脳天をピストルでぶち抜きもすれば、毒をあおいで、自らの命を絶ちもするだろう。疾病、孤独、事業の失敗、山なす借財……無数のことが絶望の種、挫折の素《もと》、自殺の契機となりうる。しかし、こうした苦悩、悲惨は、全ての人間を救いに来て、全ての人間から見離され、十字架の上で空しく果てるという、イエスの言語を絶した苦悩に比べれば、およそ自己中心的で、みみっちい、およそ苦悩とも呼べない些細《ささい》な困難でしかない。自殺、それはイエスの苦悩に比べれば冗談ごとでしかない、芥子粒《けしつぶ》みたいな瑣末《さまつ》な苦悩を絶対化して、救済不能と速断し、イエスの救いに背を向け、イエスを愚弄することだ。イエスは一切の侮辱、嘲笑、苦悩を耐えた。耐えられぬ苦悩を想定し、生に見切りをつけること、それはイエスの力に限界を措定《そてい》し、イエスを侮《あなど》ることだ。自殺は、甦りのために不可欠な信じる情熱の放棄に他ならないがゆえに、いかなる形での甦りも不可能なのだ」

「でも……」

「でも、奥さんは現われた。幽体という奇妙な形ではあるが、現われた。ぎりぎり最後のところ、俺が信じられるのはそこまでで、死者の甦りというのは論外だ。そして、幽体が現われたという事実から生じる唯一の結論、それは、奥さんは本当は死んだのではなくて、どのような形でにしろ、まだこの世に厳然として生きているということだ。あるいは鉄道に飛び込んだかもしれないにしても、あるいは、そのために肢体《したい》はずたずたに引き裂かれ、人間としての形を留めないまでに痛ましくも、無残な姿に変わり果てているかもしれないにしても、とにかく、彼女は生きてはいるのだ」

「……」

「何のために彼女は幽体になったのか？　どうして一人の人間がそのような不思議な変容を現実に遂げることができるのか？　それは彼女があんたを愛しているという、その愛のなせる奇《く》しき業《わざ》であると信じてもよかろう。女によって九十九人の男にもたらされる救いがたった一つ、二つの形であるとは限らず、各人各様のものであってならぬ理由はない」

「……」

「何としても信じ難いのは、女好きのする容姿の端麗さなどかけらもなく、それを補って余りある財産や地位がある訳でもなく、人を慰め、喜ばせ、楽しませ、励ますことのできる口舌《こうぜつ》技芸の才があるのでもない、いわば、ないない尽くしの典型、標本みたいなあんたという男を、一人の女がこんなにも深く、熱烈に愛せるというそのことだ。どんな仕組みによるのかは不明だが、突然姿をくらまし、いかなる接触も不可能となった男に対する愛を、それでも持ち続け、凝固結集した情熱、愛が幽体となって、あんたのところへ達したのだ。山なす恨《うら》み、憎しみを受ける謂《いわ》れこそあれ、愛の恩沢《おんたく》を受ける資格など微塵《みじん》もないあんたにとって、幽体が最初には妖怪変化《へんげ》のごとく不気味なもの、身の毛の逆立つほど恐ろしいもの、おぞましいもの……悪鬼、魔物と思われたのも無理はない。平凡に明け暮れする日常性の中で、こんな経験にはおいそれと出会えるものじゃないからだ」

「………」

「どこかで生きてる奥さんだって、あんたに語りたいこと、伝えたいことが山ほどあるに違いない。語りたくても、あんたはそこにいない。語りたくても、あんたには彼女の言葉に耐えうるだけの気力、勇気がない。彼女は祈った。肉となった言葉、イエス・キリストに祈った。叶えられた祈り、それは幽体となって、あんたに届いた。俺には理解できんよ。これほど熱烈で、真摯《しんし》な愛を前にして、どうして一目散にあんたが彼女の前に飛んで帰らないのか。どうして未だに千葉くんだりで、押し込みやろうか、まともに働こうか、ギャンブルに有り金を注ぎ込もうかなどと、千々《ちぢ》に乱れた思いを持ってうろつきまわっているのか」

二

「大将、実はな……わし……」

「何だい？」

「一っぺんだけやけど、競輪で二百万円ほど当てたことがあるんや」

「それがどうした？」

「百万円ちょっと使《つこ》うて、わし、探偵を雇うたんや」

「探偵？」

「せや、わしのおかげで無一物となって取り残された女房のその後の消息知りたいと思うて、たまたま当てた金で探偵を雇うたんや」

「つまり、夫の奇行乱行に絶望して鉄道自殺したという、あんたの話は真っ赤な嘘だったって訳だな？　何らかのいざこざ、騒動はあったにしても、奥さんは決して死にはしなかったんだな？」

「もはや、どうじたばたしたところで、わしの力の及ばん状況の中にいる女について、他人からあれこれ詮索されるのが鬱陶《うっとう》しいから、ひと思いに死んだことにしたんや。その女が思いもかけんときに、思いもかけん場所で、思いも寄らん姿、幽体となって現われたとき、最初はびっくりもすれば、おとろしい思いもした」

「探偵雇って、悪鬼退治でもやろうとしたのかい？」

「アホなこと言わんといてな。怪しげな夫や妻の、あるいは横領、背任《はいにん》の疑いのある社員の素行を見張ったり、人探しをやったりするのが探偵の仕事や。放り出された女房のその後の有様が知りとうなって、それで探偵雇うたんや。百何十万、要求されたけど、それだけ出せば、相手が生きとる限り、必ず詳細を突き止める、それ以上鐚一文《びたいちもん》要求しません、言うから、わし、探偵社に言われるままに払うたわ」

「そんなにかかるのかい？」

「高いか安いか、わしにも分からん。けど、日本だけやなしに、世界のどこにいても、存命してさえいれば、それだけの金で必ず探し出す、言うんや。まさか、彼女がどこか外国へ行ったとも思えんのやけど、しかし何かの巡り合わせで海外へ出かけんとも限らん。探偵が言うには、海外にいくつも提携会社があるさかいに、南極にいようが、北極で暮らしていようが、必ず探し出すと言うんや。百万円で、南極まで出かけて人探しやってくれるんなら、決して高い金やないと思うて、言われるままに金出したわ」

「で、結果は？　探偵はちゃんと仕事をやって、受け合った通り、奥さんを見つけだしたのかい？」

「見つけた」

「どこでだい？　アフリカの砂漠でかい？　アラスカの氷原でかい？　パリでかい？　バンコックでかい？」

「和歌山の叔母さんのとこや」

「和歌山と大阪は、石投げれば届くほどの目と鼻の先じゃないか。それで百万円とは法外じゃないか」

「ゼニ、金なんか、もうどうでもいいのや。とにかく、彼女、無事に生きとったんやわ」

「で、それでどうした？」

「どうしたって……今も無事で生きてると思うわ」

「どうやって、無事に生きてるってことを確認したんだい？」

「探偵が作成してよこした報告書によってや」

「それがでまかせの、でっち上げ報告じゃなく、真実だという証拠は？」

「写真や。探偵は何やら知らん、テレビ局の調査員という触れ込みで、その地域の名所、旧跡を全国に紹介すべく物色中という口実で、首からぶら下げたカメラでパチパチ、風景、人物、手当たり次第に写しまくったんや。ベッドに横たわっとる叔母さん、その枕辺に佇《たたず》む女房、いずれもキョトンとして、カメラの方を向いとったわ」

「二人に間違いはないのだな？」

「ああ、確かや。女房が手足となって叔母さんの面倒を見とるのか、それとも無一物の女房を叔母さんが食わしとるのか……女房のお陰で叔母さんは余命を安らかな気持ちで永らえとるのか、それとも叔母さんが与える信仰の慰めや励ましで女房が叔母さんから生かされとるのか……とにかく、二人は一心同体の双生児みたいに寄り添うて、誰も面倒見るもののない、だだっ広いミカン山の麓《ふもと》の屋敷で生きとるんや」

「おい、西さん、一緒に行こう」

「一緒に行こうて……どこへ？」

「和歌山の奥さんのところへだよ」

「そんな、無茶な、藪《やぶ》から棒に何言い出すねん……馬鹿らして話にならん」

「立ち直るチャンスは今をおいてほかにないぞ。西さん、今こそ、奥さんの前に出て行く千載一遇の機会だ」

「いやや。も少し経ってからのことや。物事には順序っちゅうもんがある。大将、言っちゃ何やけど、いらんことに口出しせんといてや。わしにはわしの考えっちゅうもんがあるんやさかいに、このことで他人様にいらん節介《せっかい》を焼いてもらいたくないんやわ。もう少し様子を見て、確かめたいことがあるんや」

「確かめることなんか何もありゃしないよ。彼女の前へ出て、わしや、と一声上げれば、それで万事うまく行くんだ。どんな形でにしろ、あんたが存命していること、それだけが彼女の唯一の生きる希望なんだ。生きたあんたに会うこと……そのことだけが彼女の生き甲斐なんだ」

「大将……もしも彼女がそんな古めかしい、浪花節《なにわぶし》的感傷、希望、信念をとっくに捨て去って、もうわしの存在など認めもせず、許しもせず……、わしのことなど爪の垢《あか》ほども愛しとらなんだら……わしは破滅や。わし、気が狂ってしまう。もう少し経って、もうちょびっと時間かけて、彼女の愛が信じられるようになったら、その時、その時こそわしは彼女の前に踊り出して行くわ。でも、今はあかん、まだ早や過ぎる。大将、有り難う、ほんまに有り難う……一緒に行こう、言うてくれて。でも、何ぼ大将が一緒にいてくれても、万が一、彼女の愛が消え去ってしもうとったら、何ともならんのや。彼女の前に、このみすぼらしい姿で出て行って、冷ややかな目で『今さら、どの顔《つら》下げてあたしの前に出て来るの』と罵倒《ばとう》され、嘲笑され、軽蔑され、とどの詰まり、幽体なんてもんがわし一人だけの思い込み、夢想、幻想でしかなかったことが判明したら……、わしゃ、わしが轟音立てて突進して来る列車の前へふらふらと飛び出さんとも限らんのや……。もうちょっと、もうちょっと時間かければ、何とかなるかもしれん。もうちょっと経てば、彼女の愛が何の疑問、疑いの余地なく、確かに信じられるようになるかもしれん」

「臆病なくらい慎重なのは構《かま》わんが、本物の小胆《しょうたん》はたちが悪いぞ、西さん。幽体……、これ以上確かな愛の徴《しるし》、証《あかし》を信じ切れなくて、それ以上を望むのは冒瀆《ぼうとく》、というより狂気の沙汰だ。あんたは普通の人間がおいそれとは与えられることのない豊かで、貴重な愛の恵みにあずかってるんだ。人間は分際も知らなくちゃ」

「ところが……」

「いきなり彼女の前に出て行って、衝撃を受けた彼女が動転し、あらぬことを口走ったり、取り乱したりするのを恐れるというんだったら、俺が仲介者の役を買ってやる。さりげなく彼女の前に出て行って、自分にはこんな友人、仕事仲間がいるんだが、なんて切り出せば、それに示す彼女の反応からでも、あんたへの彼女の思いがどれほどのものか、およその察しはつくはずだ……」

「大きに……、大きに有り難う。きちっと背広着て、ネクタイでも締めとるんならともかく、山賊、夜盗みたいなむさくるしいなりして仲介役などやってもろても、こっちは有りがた迷惑や。御免こうむる。せや、ちびりちびりとでもええから、また百万円貯めて、あの探偵雇うて、奴に仲介役やってもらおう。最初は勝手が分からんかったから、まんまと百万円持って行かれたけど、今度は様子分かっとるから、五十万もありゃ、足りるかもしれんな」

「西さん、五十万、百万なんて夢みたいなこと言ってないで、五万円という、現在手持ちの金でやれることをやるんだ。切符を買い換えて、和歌山へ行く……。五万円で釣りがくるじゃないか。彼女は今、あんたと俺が二人してここで太平楽を並べている間も、ベッドに横たわる叔母さんの看護で疲労困憊《こんぱい》しているかもしれない。あるいは、彼女自身が明日をも知れぬ病に冒されて、誰かが墓穴に葬ってくれるのを必死で念じているかもしれない。

西さん、あんただって墓穴ぐらい掘れるだろう？　姉ヶ崎の現場で苦労して掘った、あんなにでかい穴《ピット》なんか必要じゃない。一時間もスコップをふるってできる、小さな穴でいいんだ」

「大将、墓穴やなんて、縁起でもないこと言わんといてえな」

「しかし、人間が有為転変に満ちた有限性のこの世に生きている限り、つまり、生者必滅の世界に生きている限り、誰にでも、いつでも死、滅びが訪れる可能性がある。今ここで、奥さんのところへ帰るという決断を怠ったがために、永遠に取り返しのつかない過ちを犯す危険があんたにもない訳じゃない。もちろん彼女が無事息災に暮らしていれば、それに越したことはない」

「……………」

「元気でいるならいるで、ベッドに横たわったきりの叔母さんの看護に明け暮れしている奥さんにとって、豊かな実りをもたらすはずの広大なミカン畑が、人手がないばかりに荒《こう》蕪地《ぶち》となって放ったらかされているのを見ることは心痛むことであるに違いない」

「……………」

「その彼女のところへ帰って、自分自身のことなどしばらく一切忘れ去って、身を粉《こ》にして働き、彼女のために尽くしてもバチは当たらんと思うぜ」

「……」

「実際、西さん、あんたは愛のために一切を投げ出すことができる人だ。愛のために真に生き、そして死ぬこともできる人だ」

「……」

「俺は信じる。奥さんのところへ帰ることで、あんたには抱《かか》え切れないくらい豊かな恵みと喜びを与えられるだろうことを」

「……」

「与えられるのは喜びなどではなく、果てなく続く労苦だ……というんなら、それはそれでいいじゃないか。和歌山で始まる新生活は恵まれたものであるどころか、目のくらむような難行苦行だというなら、それはそれでいいじゃないか。真面目に牢獄の生活にも耐え、苛酷な肉体の労働にも耐えて来たあんただ」

「……」

「あんたはさっき、イエスを信じずにいる勇気は自分にはないと言ったけど、まさに和歌山で始める新生活のためにこそ、あんたのこの筋の通った信仰は必要でもあれば、役立つこともあるんじゃないのかい？　西さん、あんたは本当の信仰を生きてる人だよ。本当に人間の精神、魂が欲し、必要な救いを見つめ、信仰が要求する試練を引き受けることができる人だ。おめず、臆せず、勇猛果敢にというわけではなく……恐れと、おののきをもってだ。実際、猪突猛進、勇猛果敢は必ずしも信仰の不可欠の要素というわけじゃない。迷い、疑い、絶望、躓《つまず》きこそ、救いを求める信仰の真の内容であり、本質だ」

「ほんまにわしは必要なんやろか？　ほんまに、わしにでけることがあるんやろか？　わしなんかおらんでも、あの二人はちゃんとやって行けるんやないやろか？　わしなんかおらん方がよっぽど気楽に安心して生きて行けるんやないやろか？　わしがそばにいることの煩《わずら》わしさ、厄介《やっかい》さ、うとましさに比べたら、どんなに深い難儀の中にいても、その方がはるかにましで、耐えやすいっちゅうことはないやろか？」

「この期《ご》に及んで、そんな弱音《よわね》はないだろう。それじゃ、今までのあの幽体の話は何だったって言うんだい？　ありもしない作り話、夢魔とかテレパシーといった与太ばなしだったのかい？　あるいは神経や内分泌系の異状、障害による金縛り現象、淫夢《いんむ》、悪夢の出現だったとでもいうのかい？」

「幽体がやって来たのは事実や。ただ、それが女房だったという決定的な証拠をどうしても持つことができずにいるんや」

「幽体として現われた女房は天使みたいな微笑を浮かべてた、とか、自分は女房以外の女を知らないとか、現われたのは女房以外であるはずがない、と言ってたじゃないか。現われたのなら、それは事実、奥さんだったのだよ」

「ところが、その確かな証拠が今になっても見つからんのや」

「まだ、そんなこと言ってるのかい」

「向こうで勝手にやって来ておきながら、わしがその正体を確かめ、確認しょうとして、そろっと相手の手を掴み、胴をまさぐり、首すじを撫《な》で、いよいよ顔を見ようとすると、その途端《とたん》に猛烈に幽体は暴れ、抵抗し始め、正体を見られることを頑強に拒むのや。あんまり抵抗が激しいんで、意識と無意識の幽体の存在する場そのものが壊れて、幽体そのものが雲散霧消してしまうんや。何べん幽体が現われても、正体を見せまいとする抵抗、拒絶は続き、それが女房やという決定的な確信は持てず、疑いが残るんや」

「まさに、疑いが残るその部分こそが、幽体が実際の存在であって、仮象、幻夢でないことを明白に証拠立てている。それは顔を見られること、正体を現わすことを拒み、抵抗することで、まさしく逆らい、反逆するという生き物の意志を持っていることを完全に証拠立てている。それが単なる仮象や、幻覚、臓器の病に過ぎないなら、殊更にこちらの要求を拒む意志を表明するはずはないのだ。もはや狐疑逡巡《こぎしゅんじゅん》する何の理由もない。行動があるのみだ」

「……………」

「幽体の真の意志を翻訳すれば、顔を見たければ、正体を確かめたければ、実際に自分のところへ出向いて確かめろ、ということだよ。ここであんたの愛に対する真摯さ、誠実さが最終的に試されている」

「……………」

「ヨハネは言う。『言葉が肉となって、私たちの間に宿られた』信仰とは、肉となったイエスを我々一人ひとりが自分の言葉に翻訳することだ。正しく翻訳しなければ、イエスは躓きの石となる。言葉が肉になるはずがない……人間に過ぎないイエスが神の子、メシア、救い主であるはずがない、そんなことは世迷言《よまいごと》、絵空事《えそらごと》、ふざけ事、冗談事だ等々、イエスに逆らい、彼を拒む材料は無限に多くある。確かなこと、それは、信仰は知、科学ではないということだ。どこまで行っても肉であるイエス・キリストに不確かさ、躓きの可能性は残る。それを信じるという意志、飛躍、情熱で乗り越えること、救いはそこからしか生まれない。幽体が示す意志……それはこの飛躍、行動への促しなのだ。見るために、飛躍するために、西さん、あんたは、眠って、彼女の訪れを待つのではなく、ちゃんと目覚めて、起きて、彼女のもとへ行かなければならないのだ。これほど健全な要求、促しがあるだろうか？　正体を現わすことを徹底的に拒むことで、霊体、幽体となった彼女の意志、愛は、あんたが何も行動しないで、寝たままでそれを観照し、それと戯れる安直を望まず、目覚めて行動することを促すのだ。西さん、まだ何かためらい、恐れることがあるのかい？」

「この列車、馬鹿に冷えるな。小便がしとうなった。ちびりそうや」

三

程なくして、列車は千葉駅構内に滑り込みました。反対側のホームで、扉を開けて待ち構えている東京行きの快速電車に乗り込むと、ほど良いヒーターの温もりの中で、私は引きずり込まれるような濃密な眠気に襲われました。

またもや、隣に座った西昌三郎から脇腹の攻撃を受けるのではないかと警戒しながら、電車が出発すると同時に、私は深い眠りに陥ってしまいました。

何だか居たたまれない冷気を全身に感じて目覚めたとき、電車は乗り込んだときと同様、扉を大きく開け放って停車していました。

私は降りなければなりませんでした。千葉から東京駅までを、私は前後不覚の態《てい》で眠り続けたのでした。

一緒にいるはずの隣の席に西昌三郎の姿はありませんでした。彼が携えていた手提げ袋も、風呂敷包みもありませんでした。

残っているのは、彼が五井駅で買い込んだミカンと、茹《ゆ》で卵の網袋だけでした。捨てるのも勿体《もったい》ないので、私はそれを自分の手提げ袋に入れて、中央線に乗り換えました。

西昌三郎がいなくなると、一ヶ月前、雪の「溜《た》まり場」へ出かけたことや、姉ヶ崎の工事現場で働いていたことが、まるで途方もない昔のこと、何やら知らん、幻夢の中の出来事のようにすら思われ、西昌三郎すら存在しなかったような気になりました。

しかし、心の中では秘《ひそ》かな満足を感じていました。ひと仕事終わって、自分の塒《ねぐら》に近づくとき日雇い労働者を訪れる、それは、その日払いのささやかな満足にも似た充実感でした。

中野駅からバスに乗って、いくつか停留所を過ぎると、アパートの近くに着きます。

駅の改札口を出た拍子に、左の肩口に視線を感じて、思わず振り向きました。一人の女が微笑をたたえて、じっと私を見詰めていました。私は目を見開いて、しげしげと彼女を見回しました。背中まで垂れ下がっていた長い髪を思い切りショートカットに切り詰め、おまけに淡い亜麻色に染めていたので、それがあの喫茶店ボンにいたカコだと思い当たるまでに、私はなおも彼女を数秒間、凝視する必要がありました。

「やあ、カコじゃないか……」

思わず私は弾《はず》んだ声を上げました。コートだけは、彼女は以前から愛用の、地面を引きずりかねない、だぶだぶのを着ていました（後日知ったことですが、これは今は亡き父親の形見ということでした）。

両手をポケットに入れたまま、彼女は私の方に近づいて来て、「今晩は」と言いました。

「また……」私はどうしても長い髪を垂らしていた時分の彼女の姿が脳裏から去らないので、それを目前の鮮烈な変貌を遂げた彼女と比較検討しながら、しどろもどろで言いました。

「ずいぶん思い切ったことをしたもんじゃないか」

「これ?」カコは、右手で切り詰めた髪を軽く押さえて、「へへ」と笑いました。

「一瞬、誰だろうと、我が目を疑ったよ」

「イメージチェンジってわけよ」

それがまんまと成功したことが、私の驚きによって確かめられたのが嬉しかったものか、彼女はにやにや笑いながら、小気味良く引き締まった感じをその面差《おもざ》しに与える、短い亜麻色の髪をそっと撫でつけたり、ぱたぱたと叩いていました。よく見ると、薄くながら、彼女は口紅もつけていました。それはそれで、意志的な感じのする彼女の唇をいっそう美しく引き立てていました。全体として見れば、彼女の美貌は私を圧倒しました。

それにしても、十時近い夜の駅で、彼女は何をしているのでしょうか？　彼女もこの界《かい》隈《わい》に住んでいるのでしょうか？

「カコ、あんた、この町に住んでいるのかい？」

別にそんなことを知る必要もないのに、すぐには立ち去り難い思いで、私は訊ねました。

「ううん……」彼女は頭を振りました。

「高円寺よ。これからボンのママのところへ行くのよ。あなた、最近ボンへ行ってる？」

「いいや……」私も頭を振りました。

「第一、俺もたった今、仕事から帰ったばかりなんだ。ほら、ひと月前の雪の朝、カコ、へっぴり腰で雪掻《ゆきか》きやってて、その前を通りかかった俺にグッド・モーニング・ザ・ワールドって言いたい気分だと言ったろう。あの日から今まで、仕事に出かけてたんだよ」

「あたしもあの日が最後の仕事だったのよ。あれ以来、ずっとボンには行ってないのよ」

「そうだ、カコ、あんた、もう卒業式は終わったのかい？」

「終わったわ」

「卒業祝いのプレゼントを贈る約束だった。実を言や、あの時あんたからプレゼントしてと言われて、ぎくりとした。何しろ、金がなかったんだ」

「それじゃ、あたし、悪いこと言ったのね」

「ぎくりとはしたが、嬉しかった。少なくとも、あんたは俺に何かプレゼントできるだけの力はあると認めてくれた訳なんだからね。でも、あの時はほんとのところ、俺にはその力さえなかった。遅ればせながら、今なら何か上げられるよ。もっとも、一万も二万もするものをくれと言われりゃ、またぞろ肝を冷やすがね」

「あたし、あなたがお金持ちだと思ったのよ。だってママの話じゃ、毎日ボンにやって来ちゃ、三杯も四杯もコーヒー飲んで、本読みながら暮らしている、いい身分の人らしかったもの」

「あのママは旺盛な想像力の持ち主だから、吹けば飛ぶようなその日暮らしの日雇いだって、お大尽《だいじん》と思い込むのに何の造作《ぞうさ》もいりゃしない。何を想像しようと人の勝手だが、しかし想像を裏切られて、幻滅しないだけの度量は持っていてもらいたいもんさ。それはともかく、約束だ、何がいい、プレゼント？」

「気持ちだけでたくさんよ」

「気持ちだけでいいのなら、カコが抱え切れないくらい、しこたまあげられるんだけどな。でも、ほんとに何がいい？」

「ほんと、あたし何もいらない」

「でも、あんたにケチな奴だと思われたんじゃ、これからたまにどこかで出会っても、こんなに気安く声もかけられやしない」

「それじゃ、ボンまでタクシーおごってくれる」

「お安い御用だ」

十分そこいらでボンに着くはずのタクシーに私たちは乗り込みました。

「あたし、またボンで働くのよ」

ぱたぱたと、座席を掌《てのひら》で拍子を取って打ちながら、カコは言いました。

「卒業したら働くと言ってたっけが、まさかボンに就職した訳でもあるまい」

「ご冗談を。どう考えたところで、ボンは職場って感じじゃないわ。もちっとは気がきいてるわよ。日本橋のMデパート、知ってる？」

「北海道のヒグマだって、そこなら知ってるさ。Mと言や、日本屈指の老舗《しにせ》デパートじゃないか」

「あたしの頭でよくそこへ就職できたと思ってるんでしょ」

「いいや全然。あんたは勉強はしなかったかもしれないが、馬鹿じゃない。その気になりゃ何だって学べるし、どれだけでも成長する。それにカコは別嬪《べっぴん》だしな。どこへ就職できても、ちっとも不思議じゃないさ」

「でも、採用試験受けるときゃ、びくびくものだったわ。不良だったたってことがばれて、おじゃんになりゃしないかと思ってさ。でも、先生が内申書みたいなのにうまく書いてくれて、何とか受かったわ。学校へ行ってる時分にゃ、がみがみうるさい、煙ったいだけの先生だとばっかり思ってたのにさ。あたし、見直しちゃった」

「で、勤務、いつから始まるんだい？」

「四月の中旬からよ。それまで、昔とった杵柄《きねづか》のボンで働くの。ぶらぶら遊んでたってしようがないもの」

また毎日ボンに通って、カコを眺めながら暮らそうと思いました。

金を使い果たして仕事に出かける日が訪れるのと、四月の半ばになって、カコが新しい世界へ羽ばたいて行くのと、どちらが早いだろうかとも思いました。

［了］

著者プロフィール

日高 道夫（ひだか みちお）

昭和18年４月、満州・奉天生まれ。法政大学中退。
大学中退後、建設作業員などを経て現在会社員。
著書に小説『南風』『廃家にて』『友達』、随筆『亡き友へ』（文芸社刊）
がある。

Good Morning The World

2012年７月15日　初版第１刷発行

著　者　日高 道夫
発行者　瓜谷 綱延
発行所　株式会社文芸社
〒160-0022　東京都新宿区新宿１－10－１
電話　03-5369-3060（編集）
03-5369-2299（販売）

印刷所　神谷印刷株式会社

ISBN978-4-286-12293-9